# 2040 : coquelicots et bleuets

Colline Hoarau

# 2040 : coquelicots et bleuets

NomBre7
éditions

Ce livre est dédié à mes filles, Maëlle et Vinciane,
et à ma petite-fille, Hannah.

Merci à Alycia pour son regard objectif.

Ce matin-là est chaud, ainsi que tous les jours du mois de mai et certainement les prochains dans cette Bretagne que j'habite. Je ne l'ai jamais connue pluvieuse et grise, comme je la vois décrite dans les histoires. Les oliviers, la lavande et le raisin en sont les témoins.

Ma grand-mère avait planté des arbres du Sud qui lui rappelaient son île. Ils se sont si bien adaptés qu'ils vivent comme chez eux. Même le jacaranda a poussé et ses fleurs mauves agrémentent le jardin annuellement. Le manioc et les patates douces me régalent souvent. La treille de *chouchous*[1] généreuse fournit feuilles tendres et fruits à piquants.

Je coupe au moins une fois par an un régime de belles bananes mignonnes[2]. J'ai de la peine lorsque je dois tailler la plante afin qu'elle donne à nouveau des fruits. Fille de la nature, intégrée sur cette terre que je cultive de manière dilettante et militante, je m'émerveille toujours en *dastumant*[3] les fruits de cette généreuse parcelle. Quelle magie que ce mélange terre,

---

[1] Légume vert à épines que j'adore. Je mange les jeunes feuilles en fricassées, appelées brèdes, les fruits et mêmes les racines en gâteaux.

[2] Petites bananes très goûteuses que les Réunionnais appellent aussi « figues ».

[3] Dastum : cueillir, ramasser en breton.

eau, chaleur, fraîcheur nous offre ! Mon destin est de l'aimer et de la protéger, car je la sais généreuse lorsqu'elle est comprise, cette Terre-Mère.

On s'attache aux lieux, parfois plus qu'aux choses. Ce jardin patiemment créé, au fil des saisons, avec la fantaisie d'Orchidée[4] et la rigueur d'Achille[5], avait une gueule bien originale. Elle voulait planter ce qu'elle aimait, là où elle imaginait que la plante allait s'épanouir.

— Tiens, ici, ce serait bien, disait-elle en montrant un espace auquel nul n'aurait pensé pour y planter quoi que ce soit.

Et elle repiquait, là, du muguet, ici, des iris ou des pivoines. Ses amies lui donnaient les végétaux dont elles se débarrassaient. Avec ses mains vertes, elle faisait un trou, posait la plante, loin des techniques organisées d'Achille. La plupart du temps, tout poussait ainsi.

— Ce sont celles qui s'adaptent le mieux. Elles sont déjà acclimatées à l'air, à la terre et à la météo. Je veux des fleurs toute l'année. Observer le jardin et poser mon regard sur la beauté colorée d'une fleur. Les couleurs égayent notre vie. Même lorsqu'on est triste, on peut apaiser ses peines avec ce qui nous entoure.

Elle préférait les annuelles aux éphémères.

— Ah, non ! Recommencer tous les ans, ce n'est pas mon genre. Je veux planter ce qui reste pour la vie. Tant pis si elles se transforment ou disparaissent un jour.

Lui, aurait préféré prendre son temps, faire un plan, et ensuite, le réaliser. Il abandonnait bien vite ce genre de combats, laissant à Orchidée son espace et ses libertés pour les aménager. Quand elle ne voulait pas, il ne servait à rien d'essayer.

---

[4] Surnom de ma grand-mère.
[5] Surnom de mon grand-père.

Ils ont été soulagés de me laisser dans cet ensemble de bâtisses multicentenaires entourées de tous les végétaux qu'ils ont tant soignés. Quant à moi, mon rêve secret de petite fille de vivre ici un jour s'était réalisé. J'aimais le passé, les odeurs. Chaque coin de la maison et du jardin me ramenait à de délicieux moments.

La nature ! C'est elle qui me fait vibrer depuis toujours. Je suis pourtant native de la ville. J'y ai vécu. J'y ai grandi. J'adorais déjà, petite, passer des vacances dans ce coin isolé avec les grands-parents, regarder les lapins qui défilaient, intrépides, près de la haie. J'écoutais piailler et pépier les oiseaux, petits et grands, que je nourrissais. Les générations suivantes sont toujours là. C'étaient les seuls moments où je restais ainsi, assise, à l'arrêt. Car la vie tournait autour de moi.

C'est ce qui me plaît, la continuité des rituels naturels, la vie qui se transmet et reste dans ces lieux à jamais. Les hirondelles reviennent à leur nid chaque année. Elles avaient failli disparaître, elles, le symbole du printemps. Ne se posant jamais au sol, il n'y avait plus assez à manger. Où étaient passés les insectes ? Ceux qui restaient étaient infestés par les pesticides et transmettaient le produit toxique aux oiseaux. Certains ne survivaient pas non plus à ces substances.

Peu importe si elles salissent le sol. Je considère que c'est une chance de les retrouver. Elles y sont bien. Leur vol dansant dans les airs m'envoûte. Avec ce temps presque tropical, elles ont à manger et ne partent que l'instant d'un bref hiver glacial de moins de trois mois. Leur retour est une fête de la nature printanière qui revient nous enchanter. Car quoi de plus étonnant que cette renaissance !

Nul ne pourrait imaginer un tel intérieur dans cette longère bretonne que j'habitais. En tant que jeune, je n'étais pas destinée à m'éloigner du tumulte. Seuls mes parents me rendaient rarement visite. Je ne me sentais pas souvent isolée. Les esprits vous accompagnent. La solitude ne fait pas partie de ma vie, croyais-je. Les souvenirs d'aïeuls, des miens ou de quiconque, m'escortent et me nourrissent.

J'avais la mission importante de garder ce lieu, de l'occuper dans cet esprit respectueux de la mémoire de mes grands-parents partis retrouver le soleil pour leurs vieux jours. Ma responsabilité est la survivance du passé tout en vivant dans le présent. Un vrai bonheur pour moi d'être garante des objets fanés, marques du sceau familial. Je me sens ancrée dans cette mission avec le contraste du suranné et de la modernité du monde nouveau.

Les murs sentent toujours l'ancien, cette belle odeur de papier encré, de livres reliés, avec ses meubles et objets en tous genres dans leur jus. Camille n'a pas hérité de l'argent, mais a gardé l'histoire de sa famille en écrits, livres, tableaux et objets en tous genres. Je l'entretiens. Je relis souvent ces feuillets racontant la vie d'avant, ces autres siècles. Comment pouvait-on ainsi vivre avec tout inscrit à la main sur des papiers ? Cela me paraît si étrange cette matérialisation.

Pouvoir revoir des photos noir et blanc ou couleurs du XX^e^ siècle, voire de la fin du XIX^e^, développées dans un album photo, reconnaître certains membres de la famille, repérer des ressemblances, retrouver les correspondances écrites à l'encre avec de magnifiques lettres merveilleusement formées, tout ceci exprime une époque passée. J'ai conscience de la valeur inestimable de ces objets. Même si l'époque est à l'être et non l'avoir, l'héritage familial reste un bien considérable. Je souhaite le protéger du temps et de la modernité.

Qui, de nos jours, a encore des livres anciens, du reps, de la soie et des sièges usés des années par des vraies gens et non pas dans un musée ? Moi, Mahavel, aux origines variées.

Nous sommes en 2040, me dis-je en m'étirant. Un joli nombre : vingt et quarante. J'ai vingt ans.

Je me réveille avec le bruit que j'ai choisi : le bruissement des arbres. Lorsque le vent se lève, j'entends les feuilles des peupliers d'en face trembler, frissonner, se balancer. Les autres jours, son son tout doux reconstitué ruisselle de mes haut-parleurs. Je ne fais pas la distinction entre le réel et l'artificiel. Je laisse ce susurrement m'envahir et adoucir ma bulle.

Le populiculteur a oublié de scier ces arbres plantés voilà bien longtemps pour assécher le sol. Rarement, quand mon drone y repère des animaux sauvages, je monte rapidement derrière la vitre d'une chambre du haut pour voir les biches s'approcher. Je les distingue au loin. Je pourrais mieux les voir à travers l'écran sur lequel la caméra dronique renvoie les images. Je préfère la réalité, même sans le zoom.

Il reste une ferme à proximité. Je ne vois que deux petits chiens sympathiques passer leur chemin le matin et le soir. Des lapins viennent grignoter l'herbe et quelques plantes. Je n'entends jamais une machine, un tracteur. Pourtant les champs aux alentours sont plantés, une année du blé, la suivante, du maïs. Un ancien qui ne s'est pas encore remis en question avec ses cultures alternées. L'ère a changé et tout le monde n'a pas toujours suivi. Il faut changer de génération pour le comprendre.

Par la fenêtre, les poules Simone et Louise, en liberté, picorent mes restes d'hier. Pour l'instant, cela leur suffit. Mon jardin est une réserve pour les animaux qui l'entretiennent. Ils se côtoient sans se gêner, chacun son espace. L'âne Charlemagne a sa compagne, Banane, le mouton, son compagnon. Ils broutent l'herbe et me fournissent de l'engrais. Le crottin d'ovin, plein de potasse, convient bien pour alléger les sols. Celui des ânes va vite dans les plantations parce qu'il est immédiatement utilisable.

Je ne manque jamais de rien. Grâce à mes deux ruches, j'ai davantage de fruits tous les ans. On ne gaspille plus. Cette pratique est exclue. Un fruit n'est pas moche. C'est le goût et non l'aspect qui compte. Dans les villes, on produit de plus en plus local et durable « à la fenêtre », sous les toits, dans des jardins verticaux hydroponiques, dans les parcs à proximité des habitations.

La meilleure façon d'être sûr de l'origine des produits alimentaires est de les cultiver soi-même ou de les cueillir dans une ferme ouverte. Il reste encore une défiance malgré une traçabilité informatisée et assurée.

Après Fukushima, les Japonais ont créé de vraies usines à salades, plus proches de laboratoires, avec le personnel équipé pour suivre la technologie végétale. Il fallait également produire sainement, veiller à l'écologie des cultures, en quantité suffisante pour une consommation sûre. Pas de chauffage produisant du gaz à effet de serre. Le bilan carbone doit être le plus bas possible.

Lorsque je m'absente, une personne du réseau d'échanges prend le relais. Je ne la croise jamais. Elle ne me connaît pas. C'est ainsi. Tout se fait par STV22, qui se charge de la gestion. La dépendance a été aménagée pour accueillir des gens de passage sans qu'on pénètre dans mon intimité. Je suis rétribuée en cas d'hébergement de quelques jours. Parfois, je trouve un petit mot gentil écrit à la main sur la table.

En choisissant de vivre dans cette longère, j'optais aussi pour la solitude.

## La vie en solo

J'aurais aimé avoir à mes côtés une de mes mères ou mes grands-parents. Les parents étaient partis pour vivre leur profession dans des lieux fréquentés et mes aïeuls, au soleil.

Souffrant d'*hikkikomori*[6], je n'aime pas les gens que je ne connais pas et m'en méfie beaucoup. À quoi cela me servirait de fréquenter des personnes à qui il faudrait raconter sa vie, partager son intimité ? Je préfère boire et manger seule, voir ma famille bienveillante à l'occasion sans tisser de liens avec des inconnus sûrement intrusifs.

Ce mal était arrivé petit à petit. Personne ne l'avait vu. Ma meilleure amie, avec qui je partageais tout, a disparu un dimanche, au petit matin, dans une voiture tombée d'un pont écroulé. Le père conduisait, ivre. J'avais passé une nuit pleine de cauchemars, me réveillant en sueur, persuadée, je ne sais pourquoi, qu'un malheur était arrivé. En effet, dans la journée, la triste nouvelle avait été annoncée.

Qui savait expliquer la mort d'une enfant à la fillette que j'étais ? À neuf ans, on ne sait pas comment faire pour vivre sans

---

[6] Hikki vient de hiku, reculer, komori de komoru « entrer à l'intérieur » en japonais. C'est l'avantage de connaître les subtilités de cette langue.

son amie. Je crois que cela m'a rendue éplorée à vie. Je lui parle toujours, je lui écris souvent. Parfois, je crois apercevoir sa silhouette que je connaissais si bien. On ne remplace pas ce genre d'amie. Aussi, l'amitié a disparu de mon monde.

Je me suis promis, ne pouvant retrouver ma complice d'antan, de ne jamais me lier à une autre. Le chagrin m'avait paralysée face à ceux de mon âge. Je ne voulais plus que cela arrive. Plus jamais. Alors, je ne m'attachais plus. Je cherchais et trouvais toujours un défaut à l'autre pour ne pas l'apprécier.

À l'école, je n'étais pas très sociable. Avec la pandémie du COVID, nous avions appris à prendre nos distances les uns avec les autres. Je me sentais différente, ni mieux, ni moins bien, juste pas comme les autres. Ils ne m'attiraient pas. Je les observais, trouvais toujours quelque chose de bizarre ou de déplaisant en eux. Le persiflage me dérangeait. Qui étaient-ils pour décider de ceux et de ce dont il fallait se moquer ? Mon monde n'appartenait pas à celui-là. Je pouvais me nourrir d'autre chose.

Personne n'osait m'approcher avec mon regard d'acier et d'invincible. Je restais imperméable aux remarques désagréables, toisant les enfants d'un air condescendant, ne racontais rien de personnel, inventant des vies et des événements pour les sujets écrits. Je ne sais si cette distance avec les autres déplaisait à mes parents. Jamais ils ne m'ont jugée pour cela malgré les remarques des enseignants.

— Mahavel a d'excellents résultats, mais elle reste à l'écart. C'est à elle de faire des efforts.

Certaines fois, je m'étais approchée des nouveaux élèves à intégrer, arrivés comme apeurés. J'avais gardé l'empathie de ma petite enfance. Je perçois ce que les autres ressentent. Bien vite, ils m'abandonnaient pour rejoindre les « veaux ». Je ne me sentais pas méprisante, juste indifférente, ne voulant pas faire partie de groupes, préférant protéger mon intégrité et ne pas me laisser entraîner. Car en voyant l'influence des autres, j'étais terrorisée.

En voyage, me retrouvant loin de mon univers personnel, je suis comme une vieille à qui on retire ses repères, dormant mal. Mon monde m'accompagne. Je transporte avec moi les manies du matin, mes maniaqueries et mon mode de vie. Mon portefeuille numérique veille à reconstituer un univers rassurant pour que je ne sois pas dérangée par le changement.

Je vis, ma foi, assez bien cette solitude. Il me faut trouver davantage de motivation, car rien ne me contraint si ce n'est le temps qui passe. J'ai donc organisé mon quotidien avec des jalons pour ne pas rester à ne rien faire. On a tendance à se laisser aller sans le regard des autres pour nous juger. Se lever tard, traîner au lit, ne pas se laver.

Je suis très disciplinée, avec SVT22 qui me rappelle les heures, les tâches, les obligations, les personnes avec qui je dois rester liée. Je pense parfois que je serais moins efficace si j'étais entourée de gens, avec moins de pression. L'hygiène de vie est ma priorité. La machine m'assiste, me suit, me contrôle, m'évalue, me parle.

Au fond de moi, j'ai un rêve secret, pouvoir m'entendre suffisamment avec quelqu'un pour lui parler de tout. Je ne pense pas à une amie, mais à un compagnon.

Je suis donc une jeune femme, oui, une jeune femme, malgré une grande maturité me dis-je à moi-même, à qui l'affection maternelle n'a jamais manqué. Ma chance a toujours été d'avoir de l'amour et des prévenances. Je me demande parfois ce qu'aurait été mon ordinaire sans cette sérénité. Se sentir aimée, être comprise, ne manquer de rien, avoir assez et pas trop.

Consciente d'avoir vécu dans un univers de bien-être,

d'harmonie, dirait-on, mon éducation se situait entre la gentillesse et la responsabilisation, un sacré exercice d'équilibre.

Fille d'Alycia et Camille. C'est ainsi que je me considère. Jolies avec leur sourire enjôleur et leurs guiches démodées devant les oreilles. Elles avaient ce signe commun, un clin d'œil pour montrer leur attachement l'une à l'autre. Mariées, parce que c'était possible en France, elles ont vécu en couple aussi longtemps que leur amour le leur permit et resteront amies à vie.

Je les appelle par leur prénom. J'écris Mère et Mère dans les cases vierges des formulaires. Chacun a le choix des mots à poser sur sa perception de sa situation familiale. On évite ainsi les polémiques sur la polysémie. Le prénom Camille est épicène. Elle est ma deuxième mère. Je suis liée par le sang à l'une et par la vie à l'autre. C'est d'une telle simplicité pour moi que je n'imagine pas que cela puisse être autrement.

L'important est d'être aimé, entouré et aidé tout au long de sa vie. Mais pas trop. Pas comme cette génération d'enfants rois élevés avec l'éducation positive, devenus des tyrans manipulateurs. De cela, j'en suis certaine. Si tous les enfants du monde avaient des parents aimants, bien-aimants – mais pas sur-aimants – qu'ils soient hommes, femmes, il y aurait moins d'esprits et de corps malades.

Je n'étais pas suivie en permanence, mais accompagnée. Cela fait souvent la différence avec d'autres. La réussite, disait Alycia, c'est de savoir grandir seule, de développer son autonomie et de rester positive.

C'est dans cet état d'esprit que débute cette journée.

## Une journée comme tant d'autres

La machine à thé se met en route lorsque je descends le bel escalier en bois d'orme. J'écoute le glouglou de l'eau qui chauffe tel le son de la rivière qui coule. J'ai choisi de l'entendre, n'aimant pas d'autres bruits le matin que ceux de la nature. Misophone, les sons dus à la mastication et à la respiration m'insupportent. Je dispose d'oreillettes pour les moments avec les autres qui filtrent ces bruits me mettant dans un état disproportionné par rapport aux causes.

— Veux-tu mettre à jour ton questionnaire DV[7] ? Le délai arrive à expiration.

Régulièrement, chacun actualise les données sur ce formulaire qui enregistre ses choix en cas d'accident nous laissant dans un état végétatif ou d'un coma quelconque. On voit beaucoup de gens changer d'avis en prenant de l'âge. Il faut donc modifier ses vœux. Personne n'a le droit de décider à notre place à partir de quinze ans. Les questions sont précises et balaient tous les champs possibles pour éviter des affaires qu'on étudie en classe, comme celles des deux Vincent, Humbert et Lambert.

— Non, pour le questionnaire DV. Pas de changement.

Je souhaite que mon corps retourne littéralement à la terre.

---

[7] Dernières Volontés.

Je ne sais pourquoi, je crains l'inhumation et la crémation. J'ai opté pour la « réduction organique naturelle », le compost humain. C'est la manière la plus écologique. Les corps morts sont disposés dans un caisson au milieu de paille, copeaux de bois, luzerne qui activent la décomposition. Les restes humains deviennent de l'humus.

À peine quelques mois pour obtenir un terreau transformé dans des lieux naturels alloués à cet effet. La famille ou les amis peuvent récupérer l'humus humain. J'adhère au concept d'humusation. À quoi bon se faire enfermer dans une boîte ? Même l'idée m'affole. Il nous faut revenir à la terre dont nous sommes issus.

Les mails s'affichent sur le verre des lunettes numériques. J'ai choisi de ne pas trimbaler un écran. Les caractères, mails ou alertes volent devant mes yeux. Nul besoin d'ouvrir, de démarrer une machine. Inutile de se rappeler les renseignements que nos compagnons électroniques retiennent pour nous.

Je déteste les alertes pour n'importe quelle information à toute heure de la journée même si un signe discret les identifie. Trois fois par jour, je lis une liste de messages. Je pourrais les écouter, mais ces bruits de voix me déplaisent. Depuis le temps que je reçois des avertissements vocaux, je pourrais trouver un timbre qui me satisfait ou auquel je m'habitue. Je vais m'y atteler. Cela prendra juste un peu de temps.

En cas d'urgence, comme maintenant, une annonce sonore me signale l'arrivée d'un paquet spécial parce que je suis présente, chez moi. Je peux aller le chercher directement dans ma big box. Ce n'est pas une boîte aux lettres, mais un placard blindé résistant au temps, inviolable, ou presque, avec des compartiments, dont certains réfrigérés. La mienne a été installée au milieu d'arbustes, à l'abri des regards.

Un joli trompe-l'œil la camoufle. Les livreurs ont accès à un casier qui s'adapte à la taille de l'objet. Grâce à leurs empreintes corporelles, ils ont des droits d'accès. Les objets sont enregistrés avec un code-barres unique et trouvent une place ajustée en taille et en conditionnement.

Certains pays ont choisi d'automatiser entièrement ou d'humaniser les activités de livraison. La France a opté pour le travail de l'homme et n'a pas accepté de faire circuler des véhicules entièrement autonomes pour livrer des objets. Les gens acceptent d'être conduits dans ces conditions, mais ont peur que les marchandises disparaissent.

Plus d'erreur possible avec les codes. Le voisin ne recevra jamais mes colis et vice-versa. Si le code ne correspond pas, le colis ne pourra y être stocké. Cette armoire sert aussi à chacun à laisser les produits alimentaires dont il ne veut plus. Ils sont récupérés et redistribués à ceux qui le souhaitent. Plus de stockage, plus de gaspillage. Cela incite à surveiller ses commandes et à sa consommation. Tout se fait de façon anonyme. Ni les donneurs, ni les preneurs ne savent avec qui ils échangent.

Lorsque je cueille mes fruits et légumes, je ne peux pas tous les manger. Je les laisse à disposition pour sustenter les autres. Ne pouvant contrôler la production des pommes, cerises, pêches, figues et noix, je suis heureuse qu'elle nourrisse des personnes gracieusement. Je lance même un appel pour que des volontaires viennent en ramasser.

Pour ceux qui n'ont pas les moyens d'avoir leur propre box, des collectives ont été installées dans les centres des villes et villages à la place des bureaux de poste. Elles ont pris le relais des frigos solidaires. Plus de timbres, ni de vignettes, ni de passage dans un local obsolète. La Poste fait partie des services disparus. Nous projetons avec le téléphone des informations qui se fixent sans impression sur le colis : un code exclusif.

Chez chacun d'entre nous, un stock d'emballages protéiformes épouse l'objet qu'ils empaquettent. Une trappe permet aux paquets de passer par un tunnel directement de la rue à la maison en arrivant dans le vestibule. Je suis de ceux qui aiment bouger, faire un effort. Je préfère me déplacer. Cela rend concret ce que je fais.

La veille, j'avais préparé un colis en partance pour mes grands-parents. Ils ne manquent de rien, c'est certain. Je perpétue simplement une habitude familiale. Ceux qui sont loin pensent parfois aux autres en envoyant un petit cadeau. Les colis sont ramassés on ne sait par qui, ni à quel moment. Les véhicules silencieux des porteurs sont discrets. Ils ont pour règle de ne pas déranger la tranquillité des clients et d'éviter les contacts dans un souci de déférence.

Les déplacements sont maximalisés dans un souci écologique. Il est plus facile d'avoir un cueilleur de colis passant chez chaque personne plutôt que chacun qui se déplace pour récupérer les marchandises dans des lieux où l'attente est de mise. Le livreur a un plan de route optimisé avec les dépôts et les retraits dans un rayon limité qui peut se remplir au fil de la journée. Ils sont précieux pour nous tous. Leur statut les protège particulièrement. Nous avons une confiance absolue en leur professionnalisme.

— Le pack pour prélèvement sanguin vient d'arriver, dit STV22.

— L'information est urgente, car la procrastination est un mal à combattre, nous a-t-on toujours enseigné. Avant le petit-déjeuner, je dois le faire. Je préfère commencer et vite finir avec cette corvée. La santé est une préoccupation de tous les jours.

Nous sommes à l'ère de la médecine prédictive, un palier au-dessus de la préventive. Le système de santé a dû être revu pour que ceux qui avaient les moyens pour se soigner, vite et bien, ne soient pas les seuls à bénéficier d'une médecine de qualité. Il est moins coûteux d'éviter que les gens deviennent malades plutôt que de les traiter lorsque la maladie est bien installée.

Je fais tous les mois les examens médicaux. La surveillance est obligatoire. Notre état est ainsi contrôlé régulièrement. J'ai, j'aurai 70 % de chance – ou de malchance – d'avoir du diabète. À mon adolescence, mon profil a été établi grâce à mon ADN, et plus tard pendant mes journées de service citoyen. Il m'a été remis avec des recommandations de mode de vie, de nutrition m'impliquant fortement dans ma non-maladie future.

Ce profil, c'est une liste de toutes les pathologies importantes et un pourcentage de risque potentiel. Une fois enregistrée pour la vie dans mon DIP, Dossier Individuel et Personnel, je suis une procédure pour éviter que cette maladie ne m'atteigne. Les rappels ne me font pas oublier les principes et ma responsabilité. Peut-être n'échapperai-je pas à la maladie. Si ma culpabilité est engagée – oui, ma culpabilité ! – je ne serai plus aussi bien prise en charge.

Bien sûr, nous avons le choix. En revanche, s'il nous arrive un problème médical lié à notre comportement, nous devenons responsables de notre pathologie.

Ce ne sont ni l'aspect financier ni les complications qui me motivent. Je ne veux pas avoir cette étiquette de souffrant, qui, non seulement me suivrait toute ma vie, partout où j'irais, mais je serais aussi considérée comme une « mauvaise » citoyenne. J'aimerais – et j'ai été conditionnée ainsi – ne jamais être touchée par cette affection qui me guette. On soigne bien les maladies, mais aucune n'a vraiment disparu.

Lorsque je commande des produits sucrés avec du vrai sucre, je reçois un message d'alerte, devant justifier que ce n'est pas pour moi ou que je vais exercer une activité qui la fera digérer par mon organisme. Je me suis habituée à manger des aliments sans sucres ajoutés. Je choisis donc les gâteaux avec de la farine complète et la stévia.

Tout ce que j'ingurgite est analysé. Je peux savoir – ce que j'évite – à la seconde près, à n'importe quel moment de la journée, mon taux de glycémie. À chaque rare écart, je suis « incitée » à éliminer rapidement les excès par STV22. C'est une question d'habitude et de volonté. Cette notion m'a été inculquée très tôt.

Les systèmes informatiques qui nous protègent et nous assistent pour notre bien ne nous laissent pas beaucoup nous écarter de la conduite exemplaire qui doit être la nôtre.

Je fais du sport tous les jours, plusieurs fois par jour. Je suis harcelée par cette voix féminine tant que mes kilomètres ou mes exercices sur vélo n'ont pas été effectués. Mes pas sont comptabilisés dans les déplacements de la journée comme chaque effort physique, petit et grand. Je cours sur mon tapis avec comme paysage ce que je choisis.

J'aime la descente. La difficulté de la course est adaptée aux routes que je vois et me donne vraiment l'impression d'être sur ce chemin. Je peux demander la même température, le vent, les odeurs pour vraiment croire y courir. Le plus souvent, la route du Piton de la Fournaise défile à mon rythme. Je peux regarder, admirer sans risquer de tomber sur les arêtes des scories volcaniques.

Mais rien ne vaut la marche réelle, sentir sous ses pieds l'herbe crisser, humer les fleurs fraîchement entrouvertes. Ce n'est pas une impression, mais de vraies sensations. Au passage, je goûte la rosée du matin sur les fleurs de mai. Je prends le temps, passant dans le petit jardin, mouillant mes pieds à peine tenus par mes savates doigts de pied[8] sur l'herbe verdoyante. Je me sens vivante et presque ouverte au monde.

Mon bras sur la table, j'applique la coupelle. L'aiguille cherche la veine. Je ne ressens rien. Les tubes sont remplis et fermés. Je range tout dans la boîte et l'envoie par la trappe suffisamment grande pour pouvoir recevoir et faire enlever des colis. Le laboratoire est immédiatement informé que je viens de faire le prélèvement. Quelqu'un viendra le chercher très rapidement.

J'ai également un tatouage qui change de couleur grâce à des capteurs colorimétriques réagissant à l'activité biologique en cas de glycémie. C'est un réflexe de le regarder. J'avais choisi une petite grue comme motif sur mon avant-bras gauche pour joindre l'utile à l'agréable.

Cela fait des années que je n'ai pas rencontré un professionnel de santé. Les médecins officient essentiellement derrière leur écran. Les pharmaciens commerçants sont devenus prescripteurs. Ils vaccinent, recommandent et vendent dans de rares magasins. Les infirmiers se déplacent rarement pour soigner, piquer à domicile.

Des outils ultraperfectionnés permettent à chacun individuellement de changer son pansement, faire sa piqûre, analyser l'état de son corps et transmettre ces informations. En général, nous recevons directement les médicaments et le matériel dans la box ou la maison.

Quand je pense qu'il fallait porter, déplacer les personnes alors qu'une chaise transportative suffit à ces manipulations fatigantes. Les appareils sont prêtés et coûtent moins cher que les interventions humaines.

---

[8] Tongs.

Les rares hôpitaux encore actifs sont réservés aux cas graves. Blessés et grands malades y sont transportés par des hélicoptères. La gestion administrative a été allégée, les malades étant immédiatement reconnus. Les paiements se font directement sur le compte que nous avons avec l'état.

Des progrès phénoménaux ont été faits. Combien d'AVC sont évités ? Le sida n'est plus qu'un mal bénin. Contre le diabète, les cellules bêta pancréatiques produisent l'insuline qui aide à réguler le taux de sucre dans l'organisme. Le pancréas de synthèse permet de pallier les dysfonctionnements.

Bizarrement ou pas, le passage en bio a fait diminuer de manière très importante le développement de maladies neurodégénératives comme la maladie de Parkinson. La reconstruction des neurones est aujourd'hui possible. On n'en guérit toujours pas. On soigne et ralentit les effets.

Après la disparition de certains gros industriels du sucre, les betteraviers se sont reconvertis à la stévia et au sucre de coco. La santé buccale, comme par miracle, s'est améliorée. Les analyses salivaires individuelles régulières déterminent le RCI, Risque Carieux Individuel.

Les dentistes proposent un service numérique en se regroupant : scan profond, impression 3D immédiate des prothèses, implantation par une machine. Ils sont les conducteurs de leurs robots, ne touchent presque plus les bouches des patients. Les caries sont évitées avec les nouveaux produits. Les brosses à dents ultrasoniques évitent de nombreuses caries. L'anticipation, la précision et la fiabilité sont les garants de dents saines.

Les visites à l'école de tous les spécialistes médicaux ont amélioré le bien-être des enfants, donc des adultes, plus tard. Parfois, ce n'était pas grand-chose, d'autres fois, il fallait intervenir. Les tests recyclables, utilisables par tous, ont démocratisé les diagnostics. Les laboratoires se sont spécialisés dans l'analyse des données de santé et les études. Ils ont bien amélioré leurs performances de détection en fonction des appartenances géographiques ou génétiques, sujets longtemps controversés.

Enfants, nous aimions ces examens de dentistes, pédiatres, psychologues, podologues, herboristes. Les professionnels participaient tous, chacun à leur tour, apportant leur technicité au service de notre futur. Les pathologies cachées, qu'elles soient physiques ou psychologiques, étaient révélées.

C'était un rituel et un moment que tous voulaient agréable pour qu'aucun d'entre nous ne craigne ces personnes en blouse. Cela faisait partie de la découverte du corps, en science. Nous pouvions tester les stéthoscopes, extraire de fausses dents, faire des plâtres, etc. De nombreuses vocations sont nées ainsi.

Les soigneurs traditionnels ou alternatifs sont davantage consultés. Certains disent soulager, d'autres guérir.

Mon assistante me sort de mes rêveries léthargiques auxquelles on s'habitue facilement lorsqu'on vit seul.

— Comment veux-tu ton thé aujourd'hui ?

— Blanc, tiède, sans lait et léger.

— Il restera de quoi faire une vingtaine de tasses. Commande à faire.

À chaque voyage à la Réunion, je ramène du thé blanc, cultivé dans les hauts de Grand-Coude de cette exploitation unique en France. J'en profite pour admirer ces vues uniques sur la rivière des Remparts et la rivière Langevin, chacune de chaque côté.

C'est à moi de valider ou de refuser les propositions d'intervention. Aujourd'hui, mon assistante s'occupera de cet achat. Il va vraiment me falloir changer cette voix. Je n'aime pas son timbre éraillé. Elle me rappelle celle d'une professeure que je détestais. J'avais l'impression qu'elle était agacée en disant les choses les plus banales.

— Peux-tu ajouter à mon planning « changer la voix » ?

— Fait. Pour demain. Il reste des créneaux.

La fracture numérique a longtemps créé d'énormes inégalités. Certains connaissaient encore les capitales des pays pendant que d'autres savaient où trouver l'information sans s'encombrer l'esprit. Tous ceux qui ne s'étaient pas mis à l'ordinateur lorsqu'il fallait payer les impôts, faire ses opérations bancaires, enregistrer sa carte vitale, ont été dépassés. « On n'en a pas besoin, disaient-ils. Ce n'est pas à notre âge qu'on va s'y mettre. »

Le temps est passé et la vie sans numérique n'est plus possible pour consulter par écran un médecin, organiser un voyage, payer, réserver, communiquer avec ses enfants en Australie, voir les photos de ses petits-enfants, etc. Les câbles des machines ont disparu. J'adorais, petite, me perdre dans les fils de la maison grand-paternelle. Parfois, je les débranchais, amusée de l'effet sur ces adultes dépendants de simples fils. Tout passe désormais par les ondes, la 6 G.

Dans les villes, les écarts sont moins importants. Le progrès est-il plus « naturel » ou plus accessible dans les espaces urbains ? Faut-il davantage combler la solitude en ville alors qu'à la campagne, on se satisfait mieux de son environnement en communiquant avec ses semblables, les animaux et la nature ?

Quelle chance pour tous les dys – dyslexiques, dysorthographiques, etc. – de n'avoir pas besoin de savoir tout lire grâce aux applications vocales ! Les échanges peuvent se faire uniquement à l'oral. Bien sûr, avec les commandes verbales, on pourrait presque vivre sans lire. Mais il est important dans certaines situations de savoir se débrouiller.

L'écriture scripte est indispensable pour pouvoir lire et écrire en étant compris de tous les citoyens du monde. Les lettres cursives sont obsolètes. En France, ce sont des habitudes de perpétuer des pratiques uniques.

À 15 ans, j'ai suivi une cure de désintoxication pour me libérer de ces appareils. Je passais ma vie penchée sur mon téléphone. Quand ce n'était pas le téléphone, j'étais accro à la tablette. La variété des émissions offertes par InterTV accessibles partout et en permanence faisait de nous, les plus jeunes, des proies faciles. Impossible de ne pas trouver une série intéressante. Qui n'est pas accro ?

Je me souviens de voyages faits en train où je ne levais la tête qu'une fois arrivée. Des paysages, des heures de traversée, je ne voyais rien d'autre que les images virtuelles, ne sachant ni où j'étais, ni ce qui s'était déroulé sous mes yeux.

Le chinois a détrôné l'anglais. Je parle français en maîtrisant les nuances du québécois, et me débrouille en russe. J'ai choisi le japonais plus romantique que le chinois. L'anglais est naturellement enseigné. L'espagnol reste la langue la plus facile. Celle que je préfère est le breton qui ne ressemble pas aux autres. Nous ne sommes pas nombreux à le maîtriser. Il a fallu des militants têtus et engagés. Cela fait son charme. Cette langue celtique a survécu, s'est développée, est prégnante dans les lieux partagés.

Nous choisissons nos films, séries, documentaires dans la langue qui nous plaît. Tout est enregistré. Le direct n'est plus accepté. Il faut d'abord faire vérifier les informations, les valider avant de les enregistrer. La traduction est immédiate. Nous sommes obligés de maîtriser plusieurs langues, au moins une de chaque continent et une plus « rare ». C'est la condition de la survie des « langues remarquables ».

Après un mois de déconnexion dans un lieu éloigné des machines, j'avais redécouvert le monde qui m'entourait et, surtout, je reparlais avec mes semblables. Ils n'étaient pas si semblables que cela. Nous n'aimions pas communiquer en direct, sans filtre. Le monde paraît embelli à travers les appareils, la réalité virtuelle transformant notre vision. Nous pouvons être là en nous coupant du monde. Rien ne m'empêche de faire croire que je suis ailleurs. Seul le système sait où je suis vraiment.

Certains, plus anciens, avaient la nostalgie de certains jeux simples, devenus archaïques comme Mario et CandyCrush. Aujourd'hui, chacun peut vivre, voyager, ressentir avec ses lunettes. C'est si facile et tellement plus agréable de s'échapper de son quotidien. Pour ceux qui n'ont pas les moyens de payer l'abonnement exorbitant, ils accèdent aux programmes en échange d'une activité bénévole.

Nous avons des suggestions en fonction de notre profil pour éviter le développement de tendances pathologiques. Les violents ne sont pas autorisés à toucher à des jeux de guerre. Les jeux se bloquent. Le temps est limité à la journée ou à la semaine pour ceux, qui, comme moi, risquent de plonger dans ces dépendances.

La vie ne se borne pas aux plaisirs. Elle a une utilité : contribuer à la communauté. La notion de consommateur a fait place à participeur. La portion des loisirs ne doit pas dépasser celle du travail, sauf si on a des moyens financiers illimités. Plus elle est importante, plus on travaille. Il faut un équilibre entre les deux : payer de par son activité pour accéder au reste.

Le reste est très personnel en fonction de chaque individu.

Pour moi, ce serait de trouver mon âme sœur. J'avais appris que certains croyaient fermement à un lien indéfectible et complémentaire entre l'âme et la sororité comme le Yin et le Yang. J'aimais cette idée abstraite et irréelle comme en Irlande, d'un fil d'or, qui nous relierait dans une relation prédestinée.

Sans doute ai-je besoin de croyances autres qu'un Dieu. Comment un enfant peut accepter, comprendre qu'un Dieu ait permis la mort d'un autre enfant ? Si beaucoup d'entre nous concevaient la foi en une force divine, ce n'était pas mon cas. Chez moi, chacun choisissait le canal de sa spiritualité.

J'aime cette idée que, quelque part, un autre être m'espère, consciemment ou pas. Je ne me suis jamais sentie seule, persuadée d'être attendue. J'avais certainement un alter ego imaginaire à qui raconter mes tourments et mes espérances, les histoires qui hantent mon esprit ou m'enchantent. J'ai cette impression que, le fait d'imaginer, de croire, me donne de l'énergie. Je sais que c'est un homme que j'attends. Je n'imagine pas mon intimité avec une autre comme moi.

Certains jours comme aujourd'hui, je vaque avec la tristesse allante qui me caractérise, prête à ce que quelque chose de nouveau arrive. Ce n'est pas le cas tous les jours.

# La rencontre

Le haut portail brut en fer blanc est toujours d'un vieux gris propre et mat. Les bosquets de rhododendrons et azalées égayent la dépendance campagnarde que des rosiers entourent. Ils ont la hauteur d'arbustes se plaisant en Bretagne.

À peine arrivée devant la box, j'ai été surprise par un véhicule rouge carmin que je n'avais ni vu, ni entendu arriver. Je ne saurais dire si le conducteur était grand, brun ou malingre. Je n'ai aperçu que ses yeux d'un bleu presque roi. Surprise autant que lui de voir quelqu'un là. Il m'a souri. J'ai dû en faire autant, ne trouvant pas de mots pour me rendre intéressante.

Il m'a tendu ma commande et attendu de l'autre main pour récupérer mon paquet. J'étais empruntée dans mes vêtements d'intérieur, un peu ébouriffée. De toute ma vie, cela ne m'était jamais arrivé de croiser d'aussi près un porteur et d'être troublée face à quelqu'un que je n'attendais pas, moi qui évite toujours les confrontations corporelles. Je le trouvais beau et sain. J'avais presque envie de lui parler.

En général, j'attendais le clic d'approbation pour ne pas sortir en même temps qu'un livreur de passage. Des véhicules, il peut y en avoir plusieurs par jour, surtout pour moi qui ne me déplace que rarement. Le contact n'est pas interdit entre porteurs et clients. Il n'est pas recherché pour des raisons d'efficacité. Si tous les clients parlaient aux porteurs, que de temps ils perdraient chaque jour !

— Bonjour !

Quelle belle voix de séraphin ! Comment avec un seul mot est-il possible d'impressionner l'autre ?

— Bonjour !

Ma voix était voilée par la discrétion ou la gaucherie.

— Bonne journée, Mahavel !

Il ajouta :

— Quel prénom original ! Ma-ha-vel.

Il était déjà parti. Le traceur ne devait pas montrer un arrêt anormalement long de son passage qui semblerait suspect et serait contreproductif.

Mahavel ! De l'entendre ainsi prononcer m'émouvait profondément. En revenant lentement vers la maison, je me concentrais sur le souvenir de cette voix troublante.

Il a raison. Je suis fière de ma vie, de mon prénom et de son histoire.

Mahavel sonne comme une mélodie.

# Mahavel

Ce joli nom, Mahavel, que je suis fière de porter est malgache. Il signifie « qui donne la vie » dans la langue de la grande île, voisine de la Réunion. Pour les Réunionnais, le peuple de Madagascar est étrange avec ses pratiques de sorcellerie, sa connaissance des plantes médicinales et des esprits. Ils les craignent en même temps qu'ils les fascinent. « Mahavel » a un second sens : « gardant sa part de mystère », celui qu'on a voulu me transmettre, je veux le croire.

Au-delà du sens de mon nom, c'est ce qui a inspiré mes parents qui m'émeut.

Orchidée me racontait ainsi la rencontre de mes parents et l'origine de mon prénom. Elles se sont rencontrées un après-midi dans le Vieux Domaine de la Ravine-des-Cabris.

Alycia voulait revoir ce jardin où elle avait joué, couru, enfant, avec sa multitude de cousins et cousines dont elle connaissait à peine le nom, au milieu du village de Mahavel. Elle aimait retrouver les lieux de ses souvenirs. Camille, simple voyageuse dans l'île, passant par-là, s'est jointe au groupe de vacanciers, un guide écorné à la main. Toutes ses visites étaient déjà méticuleusement préparées pour ne rien manquer.

La rencontre au milieu des cases reconstituées dans ce bourg d'engagés, les remplaçants des esclaves, du XIXe siècle sous un pied de jacques[9] a été fulgurante. Qui dit que le coup de foudre n'existe pas ? Cela semblait être des retrouvailles, racontaient-elles. Elles se sont trouvées, la créole et la bretonne, avec leur passion pour les jardins et la nature, pour l'histoire des peuples, entre les roses de porcelaine et les oiseaux du paradis, à quelques pas d'un *godon*[10]. Le lieu romantique par excellence et surtout l'improbabilité de cette rencontre à laquelle ni l'une ni l'autre n'était préparée.

Après l'abolition de l'esclavage à la Réunion, quelques mois après les Antilles françaises, des engagés, payés une misère, mais payés quand même, sont venus de Madagascar, d'Inde, de Chine pour travailler dans les exploitations agricoles.

Sous l'hémisphère sud, les saisons de récolte ne sont pas les mêmes. La coupe de la canne à sucre se termine en décembre. La fin de l'esclavage coïncida donc avec cette période dans l'Océan Indien. Ce fut le 20 *désamb*[11] 1848, à la saison chaude. Il fallait payer les travailleurs. Les gros propriétaires n'étaient pas prêts à trop débourser, habitués à cette main-d'œuvre gratuite qu'il fallait juste nourrir avec les récoltes. Le plus tard était le mieux.

Les Africains ne voulaient plus besogner pour *zéro calebass*[12], heureux de recouvrer leur liberté. L'agriculture n'était vraiment pas faite pour les Chinois. Ils préféraient le commerce, avec les *boutiks* où l'on trouvait de tout. Les Indiens

---

[9] Jacquier, le jacque est le fruit le plus gros du monde. J'adore le manger vert avec de la viande boucanée. En vacances, je me revois avec ma cousine, extraire les gousses jaunes et les savourer. Nous gardions les graines – noyaux – que notre Orchidée nous servait bouillies.

[10] Pièce garde-manger avant l'invention du réfrigérateur.

[11] Décembre.

[12] Rien, la calebasse est un gros fruit qu'on évide pour être rempli, donc creux.

non plus n’étaient pas doués pour gratter la terre. Ils ont créé les magasins de vêtements et plus tard, de voitures, meubles, etc. Toutes ces communautés ont fini par se mélanger pour former une population métissée.

Quand on vit dans un petit espace comme une île, les rapprochements sont naturels et les nouveaux toujours bienvenus en cette période. Pour certaines populations, cela représentait un espoir incommensurable, celui de travailler, de ne plus vivre dans la misère qui était le quotidien depuis leur naissance.

Le Vieux Domaine avait fermé des années durant. Trop lourd pour des bénévoles compétents et passionnés. Certains d’entre eux, déjà âgés, avaient quitté la vie, laissant leur nom gravé sur un bout de bois usé par les intempéries. Leur souvenir cité, leur mémoire restait dans les lieux. Les visiteurs ne comprenaient pas toujours la démarche. Ils venaient souvent tels des consommateurs, à l’affût d’une anecdote insolite à caser dans une conversation mondaine du genre : « Tu sais qu’il existe une variété rarissime de pamplemousse en forme de poire ? », etc.

Alycia et Camille ne faisaient pas partie de ce genre de touristes. Elles restaient attentives, notant toujours les moindres détails. L’une croquait les feuilles, fleurs et fruits des plantes exotiques au crayon noir pendant que l’autre photographiait avec sa prunelle aiguisée. Ce jour-là, elles étaient moins à l’écoute, se regardant du coin de l’œil. C’est à la boutique qu’elles se parlèrent naturellement.

Elles finirent leur séjour ensemble, Alycia, montrant l’île et ses trésors, Camille, les découvrant de manière authentique. C’était bien plus agréable que de le faire seules.

J’étais très attachée à Camille. Elle avait une histoire

familiale incroyable. Je lui ressemblais tellement, disait-on. Elle descendait de la prestigieuse famille de Brunswick. Alycia, elle, la métisse, était îlienne dans l'âme, voyageuse à ses heures, artiste absolue. J'étais fière d'avoir vécu avec ces deux personnalités, qui, sans se ressembler, se complétaient.

Enfant, je les regardais s'amuser ensemble, ne parler qu'avec leurs yeux et pouvoir tout se dire sans prononcer un seul mot. J'étais fascinée. Je me demandais ce qui faisait que deux êtres se trouvaient. Mes deux mères m'avaient fait croire aux belles histoires. Je crois que, depuis mes huit ans, je rêve de vivre celle qui me grandira. Car un plus un peut aussi faire un.

Était-ce le bon moment ? Y avait-il un moment favorable pour un changement de vie ?

# À la recherche des beaux yeux

Je me vois aller plusieurs fois dans la journée au bord du chemin avec l'espoir de croiser le beau porteur sans même réfléchir. Aucune chance de le trouver ce jour ! Je suis capable de faire n'importe quoi plutôt que d'attendre ou de faire autre chose pour ne pas attendre. Quand on a envie de quelque chose, on y croit, même si c'est irréaliste. J'ai traîné un peu plus longtemps, regardant au loin, guettant le moindre bruit. Rien. Seul le silence m'accompagnait.

La journée est passée lentement. Je ne me suis investie dans aucune activité sérieuse, attendant la soirée. Bilan travail nul.

Je n'ai pas pris ma douche ce matin. Je l'ai réservée pour cette promesse de soirée sans respecter le protocole. Même si l'eau de notre hygiène est récupérée, nous devons veiller à l'utiliser de manière rationalisée. Pas question d'en user plus que nécessaire. J'entends un avertissement cette fois. J'ai laissé couler trop d'eau. Comme si en en utilisant davantage, je serais plus propre !

— Le niveau d'eau du jour est dépassé, entendis-je de la voix toujours agaçante.

Ce sont des réflexes qu'on acquiert au fil du temps. Faire

attention à toutes nos consommations. Je n'aime pas être rappelée à l'ordre. Le but étant de respecter au mieux les règles, nous sommes tous prévenus des excès. Notre compte « consommation » est imputé. Jusqu'à présent, le mien n'a jamais été au rouge. C'est un enjeu de survie que chacun doit respecter. Même en voyageant fréquemment, mon bilan carbone est positif.

Au lieu de subir toutes les intempéries, le monde a appris à anticiper, utiliser toutes les ressources naturelles. L'eau est devenue un trésor rare. Chaque maison a un récupérateur d'eau qui la filtre pour pouvoir être utilisée pour la toilette et le nettoyage.

Personne n'a envie de payer ce qui est donné par la nature. Ce n'est plus qu'en Afrique qu'on installe des puits, mais dans les jardins occidentaux. Chacun a pris ses dispositions pour la prévention de ces événements en s'adaptant.

Les produits solides à base de produits naturels – savon, shampoing, dentifrice, déodorant – ne prennent pas beaucoup de place. Il me reste dans un coin de la pièce quelques flacons vides, de l'époque archaïque. Ils sont jolis, témoignant d'un temps où les matériaux n'étaient pas récupérables. C'est inimaginable pour moi d'avoir des contenants polluants qu'on ne peut recycler.

J'ai laissé la brosse à dents ultrasonique nettoyer mes dents plus longtemps que d'habitude. Je la mets sur le mode total : nettoyage, blanchissement, massage avec du gel de silice.

Aujourd'hui, mon esprit est rêveur. Obnubilée par ces yeux, il ne me reste qu'à aller au Match club ce soir. Peut-être pourrais-je les croiser. Il y a dans ce regard une flamme que je ne sais définir et que je n'ai jamais vue.

Après la douche, l'habillage devient un casse-tête. Pourtant, je n'ai que le même genre de vêtements ajustés, des hauts avec manches longues ou courtes, des bas, plutôt des pantalons légèrement amples ou collés au corps.

Une fois par an, j'envoie une photo de mon corps – habillé, cela s'entend – d'après laquelle les tenues sont réalisées et me vont à merveille. Les mesures sont générées automatiquement. Je choisis des coloris et des matières. J'aime bien les tissus. Je demande des échantillons et les renvoie dès que j'ai choisi. Tout est mélange de textiles, récupérés et transformés pour être recyclés en fin de vie. Huit cycles de recyclage sont possibles.

Nos habits aident aussi à lutter contre les températures extrêmes, chaudes ou plus froides. Les textiles sont légèrement extensibles pour ceux dont le poids joue au yo-yo. Il ne me reste que l'indispensable et le plus intéressant. Finis les gros manteaux, les cinq couches de vêtement. Aucun chichi. Certaines personnes, femmes ou hommes, portent des robes ou des jupes, en général longues. Cela ne leur viendrait pas à l'idée de montrer leurs cuisses.

Mes tenues sont rangées par couleur. Elles sont sans genre ou unisexes. Les nouveaux matériaux pour l'habillement sont pour la plupart double face avec des teintes différentes, autolavants, antitaches, imperméables et d'une résistance sans pareille.

Je suis, comme la majorité d'entre nous, pour l'aspect pratique et fonctionnel. L'esthétique se verra dans le coloris, éventuellement l'originalité de l'imprimé. Mais les formes se ressemblent. L'important, c'est de ne pas dénoter. Qui a envie d'être repéré par ses vêtements ? J'aime ressembler à tous les autres. Nous sommes déjà si repérables. Je choisis la couleur rouge en haut et noire en bas. Je sais que le rouge met en valeur mon teint brun.

La seule marque qui pourrait être reconnaissable serait ce petit coquelicot brodé sur chacun de mes vêtements, discrètement, à gauche, sur mon cœur.

Je refais ma coiffure. Un contour en rayon de lumière fluo m'indique où je dois couper pour égaliser. Il reste quelques coiffeurs pour les plus anciens d'entre nous. En général, nous n'aimons pas qu'on touche à nos cheveux. Rester le plus naturel possible, c'est ce qui me convient le mieux, sans teinture, modification d'apparence. Nous sommes comme nous sommes, faits ainsi. À quoi bon changer au regard des autres ?

Pour les chaussures, c'est beaucoup plus simple. Fabriquées avec des matériaux naturels à base de peaux d'ananas, de pomme, de noix de coco, de champignons et d'orties, les miennes restent confortables et souples en enveloppant bien mes pieds. Pendant les périodes de chaleur, j'aime sentir l'air sur ma peau avec mes sandales ergonomiques. C'est un euphémisme, car on ne porte plus de chaussures dont la fonction première n'est pas de protéger les pieds.

L'utilisation du cuir est très contrôlée. Beaucoup de personnes n'aiment pas porter des matériaux issus des animaux. Je fais partie de cette catégorie même si je mange parfois de la viande et des poissons dont je connais l'origine.

Je vais à Pontrieux. À l'entrée de la petite ville touristique, un grand bâtiment accueille les âmes en quête de compagnie, amicale ou amoureuse, jeunes, vieux, sains ou encore bizarres. Tous ont accès à ce genre de lieu. Il reste si peu d'endroits pour se retrouver. Si tous les gens font comme moi, à commander et se faire livrer la nourriture, les articles en tous genres, ils ne sont pas près de rencontrer les autres.

Certains avaient commencé par ne plus se rendre dans les magasins pour ne pas montrer à leurs connaissances le contenu de leur caddie. Échapper au regard des autres, tel était l'enjeu. Cela devenait si simple de se faire déposer à la maison le moindre produit. Personne n'avait vu venir les dangers de cet esseulement au quotidien qui, petit à petit, créait une société d'individus individualistes voire égoïstes.

Les plus jeunes, de plus en plus enfants uniques, ont besoin d'être confrontés aux gamins de leur âge pour grandir harmonieusement en dehors de l'école. Les adultes, tellement occupés par l'offre pléthorique des divertissements, sans sortir de chez eux, ont presque tous perdu leur capacité à communiquer. Personne ne sait qui est son voisin, ce qu'il fait. La solidarité n'est plus qu'une notion lointaine et perdue. Le mal des villes, de la modernité a atteint à son tour la campagne.

Le chemin champêtre est autorisé aux véhicules anciens accessoirisés. Ce n'est pas le cas de toutes les routes. Les voitures autonomes ont des systèmes de vigilance extrêmement élaborés qui évitent les accidents, même les plus bénins. Seules les personnes qui conduisent peuvent se retrouver dans un fossé, mais on ne voit plus aucun accident provoqué par les voitures autonomes.

Qui a encore son propre véhicule ? Il en reste quelques-uns à la campagne. Les nouveaux, électroniques, sophistiquées, sont trop chères. Pourquoi en posséder un ? Dans la majorité des cas, les gens font les mêmes trajets. Tout se prévoit. On s'inscrit pour ceux qui doivent aller au travail, pour tous les rendez-vous. À la dernière minute, il est toujours possible de se raccrocher à un voyage programmé.

Dans tous les systèmes, quelques grincheux ne veulent pas de changement.

Les taxis autonomes gèrent les transports pour que chacun soit à l'heure. Ces véhicules sont capables de rouler dans n'importe quelle situation. La nuit, ils détectent les moindres obstacles aussi bien qu'en plein jour.

Le plus difficile à gérer dans certains pays comme l'Australie sont les arrivées brutales de kangourous, l'animal le plus imprévisible du monde. Pas de risque dans nos contrées. Les quelques bêtes que nous risquons de croiser ont des comportements plus tranquilles. Ils sont beaucoup mieux détectés. La mortalité par les routes est si infime que ce n'est même plus un enjeu pour la prévention routière qui a quasiment disparu. Rares sont les animaux qu'on trouve aujourd'hui éventrés sur les bords des chaussées.

Nous nous asseyons dans un véhicule avec des séparations pour plus d'intimité pour chacun, sans même voir son voisin de voiture. Les sièges sont tournés vers l'extérieur. La route intéresse les conducteurs, mais pas les passagers. On ne partage pas son espace avec celui qu'on ne connaît pas ou que l'on connaît, hélas. Autant profiter du paysage et optimiser les assises. Lorsqu'une famille arrive, les séparations amovibles se rétractent.

Chacun sa place pour le même chemin avec des arrêts rapides. Un écran, la possibilité d'y lire, un film, des informations nous occupent. Nos écouteurs personnels sont connectés. Nous savons à la seconde près notre heure d'arrivée. Dès notre départ, l'aspiration des poussières et l'assainissement de l'air nettoie chaque espace, prêt pour accueillir le suivant.

Les mobilités s'adaptent en fonction des besoins, des demandes. La sim-pli-fi-ca-tion et l'a-dap-ta-bi-li-té, deux notions de notre monde nouveau.

La première voiture volante, la SkyDrive, avait allumé la flamme olympique. De nombreuses entreprises néerlandaises et slovaques ont développé ce type de véhicule. La seule contrainte, la conduite par un pilote ayant son permis de conduire. La plupart du temps, c'est tellement plus rapide de survoler les routes. Avec un champ magnétique protecteur, impossible de percuter l'autre. Rennes-Paris en une heure de porte à porte. Le taxiciel vous prend chez vous, autocharge les bagages et vous dépose sur la terrasse d'un immeuble parisien ou sur une place de parking au sol.

Il n'y a jamais d'embouteillage avec cette organisation, le trajet étant calculé à l'avance.

Nous sommes suivis ou repérés en permanence. La traçabilité est obligatoire pour tout enregistrement. À moins de ne jamais utiliser les services, ce qui semble impossible, car on doit tous bouger un jour ou l'autre. On nous dit que nos données ne sont pas enregistrées nominativement. Mais pour des raisons de sécurité, il est si facile de savoir qui est où à quel moment. Quant à dire qui est « ON » – je ne sais pas, sûrement un opérateur de l'État ou une filiale commerciale.

Pour mes petits déplacements, j'ai un vélo électrique. Silencieux. Il me suffit d'entrer la destination, l'heure d'arrivée souhaitée. Si je veux pédaler, je le fais. Lorsque je croise une voiture, celle-ci reçoit une alerte visuelle et sonore pour éviter tout accroc.

Je n'ai pas le choix de ma place de parcage. Tout est balisé au sol pour me montrer l'emplacement que je dois occuper. Le garde-boue s'ouvre pour installer mon vélo. Il se cadenasse. Le parking est grand. J'ai bien pris soin d'enlever la géolocalisation. C'est juste par principe. Car il suffirait d'interroger mon véhicule pour savoir à qui il appartient et ce qu'il a fait comme chemin. Toutes les données sont enregistrées.

Je me présente à la porte du Club. Mon profil est connu, comme celui de tous les individus de notre monde. L'écran me pose quelques questions dans le sas de l'entrée où personne ne me voit.

— Souhaitez-vous être perceptible ?

Les photos des personnes présentes peuvent défiler sur écran. Ceux qui ne souhaitent pas être vus restent invisibles.

— De façon limitée, uniquement par ceux qui connaissent mon prénom et qui me cherchent.

J'ai la chance d'avoir un prénom rare. Celui qui le donnera pourra me retrouver dans ma cabine ou me transmettre un message.

— Combien de places ?

— Deux.

Je suis seule et ne retrouverai sûrement pas ce soir le regard qui m'a séduit. Mais le pire serait de ne rien faire.

C'est ainsi. Lorsqu'on est intéressé par une personne qu'on a croisée, on se rend dans le club le plus proche de son lieu d'habitation. Si la personne qui nous plaît nous cherche, nous savons si c'est réciproque.

Une caméra m'analyse, comme dans beaucoup de lieux. Personne à l'accueil. Je suis identifiée. Je n'aurai rien à payer. Enfin, mon compte sera prélevé. Les espèces n'existent plus que rarement, pour les toutes petites transactions. L'État a pu ainsi mettre fin à beaucoup d'activités au noir. Les échanges peuvent être contrôlés. Seuls les services entre les personnes sont possibles.

J'entends juste une voix devant le sas d'entrée. Je tape sur le clavier vertical. Dans ces lieux, il faut éviter les interactions orales pour ne pas être entendu. On m'attribue un espace.

— A25.

J'entre. Les allées sont désignées : A, B… jusqu'à la lettre E. Une petite lumière rouge indique l'occupation. L'écran s'allume à mon entrée. L'odeur du produit aseptisant me rassure toujours. Les vitres sont fumées. Personne ne voit personne dans ce genre d'espace. Impossible de savoir ce qui se passe derrière ces dalles de verre. Une mini-caméra surveille les mouvements sans enregistrer, dit-on. Les actes sexuels sont strictement interdits et pourraient être détectés.

Plus loin, plusieurs pistes rassemblent ceux qui veulent danser. Quelques genres sont possibles : musique actuelle, un mélange d'électronique et de percussions, musique nostalgie des années 2000, espace zen, musique douce, presque hypnotisante. On met un casque et la musique se diffuse, différente pour chacun.

C'est si étrange de voir les danseurs bouger au rythme de la musique qu'ils écoutent.

Je choisis à la machine la taille de mon verre, chaque ingrédient pour ma boisson préférée : gin, poivre rose, limonade de mangue, graines de chia. J'ai toute la traçabilité de chaque produit et son empreinte carbone. C'est la responsabilité de chacun. Le calcul s'incrémente. Nous devons avoir un bilan le plus bas possible. Le mélange se fait. Sans glaçon. Mon grand cocktail est servi.

Je m'assieds tranquillement. J'ajuste la fermeté de la banquette pour qu'elle soit adaptée à ma morphologie et à mon envie. Sur la table transparente, je choisis un très vieux film, *Le silence des agneaux*. Cette actrice, Jodie Foster, est toujours vivante. C'est un film que je peux regarder sans me concentrer. Les images se projettent sur le mur de ce petit espace. Je n'actionne pas les odeurs. Elles m'incommoderaient certainement même si elles permettraient de rendre encore plus réalistes les scènes.

Il ne se passe rien. Personne ne s'approche de ma cabine. De temps en temps, je regarde la piste de danse en agrandissant l'image. C'est ainsi. Les choses n'arrivent jamais quand on les attend.

J'ai prévu de rester deux heures. Je vois les images défiler. Le son se diffuse, se règle. Je suis seule à l'entendre.

C'est l'heure de partir. Je ne m'attendais pas à être dérangée. Ni dépitée, ni surprise, je rentre. Je profite de ce déplacement pour passer au magasin. Ouvert en permanence, on a la possibilité de voir ce qu'on achète. Les ténébrions nature iront bien avec les pousses fraîches de lentilles, pois chiches, soja, azuki, haricots mungo que je fais germer chez moi.

Je ne vais presque plus faire de courses.

Éventuellement, on peut aller dans une plate-forme visualiser les produits que nous avons envie d'acheter. Les courses nous suivent et viennent à nous. Dans les villes, les magasins sans personnel nous invitent à choisir, pointer. Le reste arrive à la maison sans nous. Le paiement est assuré. Nous pouvons aller les mains dans les poches sans sac, ni carte.

Les salades bien fraîches sous brumisateur attirent mon regard. La numéro 3 me semble belle et croquante. Le pain aux céréales encore chaud fera mon affaire. Un bon fromage de brebis fait en Bretagne complète mes petits achats.

Je traverse lentement les rayons. J'aime lire les étiquettes de tous ces produits en vrac dans leurs pots de verre. Tout est indiqué, la provenance, le mode de culture, de transport, le bilan carbone. Nous savons précisément ce que nous mangeons et surtout nous choisissons en fonction de ces paramètres. Des emballages à base d'algues, de cire d'abeille ou de maïs se dégradant automatiquement dans le compost sont à la disposition. J'ai toujours sur moi des sacs de toile et de papier plié au cas où.

Le sas d'entrée scanne chaque client. Impossible de ne pas être reconnu. Cela me plaît de me promener au milieu des allées de produits peu achalandées. À la sortie, les articles sont analysés. Mon compte sera débité de 18,26 € automatiquement. Dans d'autres pays, une carte de paiement est nécessaire, mais plus en France, bien heureusement !

La société est ainsi faite pour nous faire accepter ce qui nous paraîtra important lorsque ce sera trop tard. Les graves préoccupations nous happent. Nous gérons notre quotidien, cherchant notre part de bonheur dans ce monde dédoublé.

Mes produits dans le panier avant du vélo, en route pour le retour ! J'aime tant rouler dans ce silence dérangé par les ululements des hiboux. La route est joliment éclairée lorsque les véhicules passent, laissant percevoir l'ombre d'un chevreuil dont les yeux brillent dans la nuit. Je préfère pédaler et ne pas utiliser la fonction électrique. Ce n'est pas si difficile !

J'ai du mal à m'endormir ce soir, exceptionnellement. Je programme la musique de sommeil qui, habituellement, m'entraîne dans les bras de Morphée. Demain, demain, que se passera-t-il ? Il me faut ne rien attendre, surtout, de peur d'être déçue.

J'ai déjà été vraiment amoureuse, secrètement, comme une enfant, de Romain. Il était beau, avec ses cheveux bruns, son sourire charmeur et une gentillesse qui se lisait sur son visage. Timide, j'ai mis un temps fou à l'avouer. L'histoire a fini avant de commencer. Il adorait la compagnie des filles, mais préférait les garçons. Meurtrie, je ne l'ai plus revu.

Dans mon univers, je veux croire qu'il me sera possible d'oublier mes angoisses et construire une vie à deux. Cela me semble imaginable si les sentiments me font surpasser mes peurs.

Le sommeil a fini par arriver. J'ai pu diriger mes rêves vers un lendemain chargé d'espoir.

## Le deuxième jour de la semaine est-il plus prometteur que le premier ?

Le jour et les feuilles des arbres me réveillent. Je me sens comme une fleur fanée. Excitée par ce qui pouvait m'arriver, le lever est rapide. Rien n'a bouleversé ma vie et rien ne m'indique qu'elle le sera. Pourtant, je me sens pleine d'entrain, avec un objectif qui m'engagerait.

Le thé préparé est prêt, avec des fruits, de saison et locaux. Les fraises de Plougastel, rouges et parfumées, font mon bonheur en cette saison. Mon programme du jour devant mes yeux. Tout est calculé pour ne pas laisser de place à l'improvisation et optimiser mon temps. Les courriels ont été lus, analysés et classés. Je ne lis que l'important ou je l'entends, comme je le souhaite.

Pas de musique ou d'informations au réveil. Je préfère que dans chaque pièce me suive le murmure de la nature. Les stores ont pour fonction de s'ouvrir pour laisser passer la lumière du jour. Lorsque la chaleur cogne sur le verre, ils s'abaissent. J'ai conservé à l'intérieur quelques plantes vertes chouchoutées par leur nounou électronique.

— Veux-tu envoyer un message à tes parents ?

— Oui.

Toutes les semaines, je valide ou pas. Je sais que les parents sont souvent inquiets. Je fais envoyer un message audiovisuel de façon aléatoire, jour, heure, contenu pour ne pas avoir à gérer leur angoisse. Je n'ai pas toujours la possibilité de les appeler. Cette génération n'imagine pas tout ce qu'il est possible de faire faire aux machines sans que l'on s'en aperçoive.

Elles ne savent pas que ce n'est pas moi, à un instant précis, qui écris. Lorsque je les appelle, je choisis comme fond d'image, des lieux différents, bureaux, aéroports. Elles ne voient que ce que je veux montrer : mon vrai visage, avec filtres, embellisseur, colorateur. Pas besoin qu'elles sachent si je voyage, avec qui je suis et ce que je fais. J'évite les questions et les mensonges. Je parle de mes compagnons animaliers, des plantes et du temps. Je les rassure : c'est cela l'objectif. Par bienveillance et pour les autres, on transforme la réalité.

— Voyons, quel est mon programme de la semaine ?

Je travaille, bien sûr. Oui, je sais, c'est précoce. Je n'aimais pas l'école, l'école avec les autres. Je voulais apprendre, faire, agir, pas juste entendre et enregistrer. J'adore lire, découvrir, voyager. Je fais partie de cette minorité de jeunes – on nous appelle les 20 % – représentant l'avenir. Nous sommes choyés.

Dès le collège, nous avons tous bénéficié d'un programme d'accompagnement et d'orientation personnalisé. J'ai été repérée par une entreprise « Drones Develop » pour mes réflexes et mon flegme à certains jeux. Ils m'ont permis chaque année de faire des stages et d'apprendre avant même d'avoir l'âge de travailler.

Naturellement, nous avons tous des dispositions propres. Moi, j'ai une vue perçante qui distingue les moindres détails. On me surnomme « Œil de lynx ». Je suis excellente en discrimination visuelle, une grande observatrice. Ma vision spatiale est bien supérieure à beaucoup d'autres. Je manie avec dextérité les simulateurs de pilotage et de conduite, et décèle des anomalies que les autres ne voient pas.

Nous ne sommes pas nombreux à avoir ces capacités exceptionnelles. Notre profil est recherché. Quand je pense à ces périodes de chômage qui ont encrassé le pays dans les années vécues par les parents, je suis stupéfaite. Comment donc était organisé ce monde qui ne fournissait pas à chacun une raison d'être et d'aider la communauté ? Il y a tant de choses à faire, tant de talents.

Ces années de jeux et d'observation ont développé mes aptitudes. Et surtout, mieux que les drones, je sais interpréter.

Je travaille pour le gouvernement, mais aussi pour des entreprises privées qui ont besoin, ponctuellement, de moi. Nous n'avons pas un seul contrat, mais plusieurs, qui nous lient à chaque employeur et nous sommes évalués, notés par chacun d'eux. Lorsqu'ils ont besoin de moi, ils me contactent. Si j'ai envie de travailler davantage, je l'indique aussi. Il faut être bon dans nos tâches, car notre dossier de « travailleur » est accessible à tous les embaucheurs.

Une partie de notre salaire est bloquée comme une épargne. J'y vois beaucoup d'avantages. Ce n'est pas à moi d'administrer ce qui m'appartient, pouvant ainsi accéder à des services sans avancer d'argent. C'est si facile de ne pas avoir à gérer un compte.

Les programmateurs de l'éducation scolaire s'étaient trompés pendant longtemps. On avait d'abord appris le codage, le décodage, toutes ces choses inutiles que l'intelligence artificielle savait exécuter. Il nous fallait travailler la culture générale, les humanités, la philosophie, l'empathie, la psychologie, ce que les machines ne feraient jamais aussi bien que nous, humains.

Inutile d'apprendre par cœur des tonnes d'informations qu'il est possible de trouver très facilement. J'ai lu, je lis toujours beaucoup. Les livres sont un véritable trésor. Parfois, je prends un ouvrage de la bibliothèque. Je commence par le feuilleter. Le temps passe et j'ai lu Sénèque. Je suis stupéfaite par les apports de ces intellectuels nés il y a des siècles.

Comment ces idées ayant parcouru les époques, traversé le temps, pouvaient encore en 2040 être si vibrantes de vérité et nous apporter des réponses aux questions existentielles que nous nous posons ? Parfois, le vocabulaire n'est pas le même. Mais le fond et la pensée intrinsèque sont déjà bien formés.

Les mots et les idées ont gouverné le monde. C'est une certitude. Parfois, ils n'ont pas été compris. C'est bien l'immatérialité qui est passée de siècle en siècle pour arriver jusqu'à nous.

Je remplis des missions en fonction des besoins des administrations ou d'entreprises privées. Actuellement, j'ai la charge de digitaliser les parcelles d'une région afin de détecter des anomalies dans les dossiers, bâtiments non conformes, piscines, spas… À partir de mon ordinateur, j'explore donc avec un drone les portions de chaque terrain. J'ai accès à de nombreuses données concernant les habitants. C'est un travail fastidieux réalisé comme le ferait une enquêtrice.

J'utilise mes qualités « humanistes » pour analyser les comportements des gens, les observant, connaissant leur vie du haut des drones et avec l'analyse des données de santé, de consommation, les habitudes. Je m'amuse terriblement à construire des profils précis. Lorsqu'enfant je restais seule, je passais mon temps à observer les autres et à anticiper les paroles, les comportements, comme si tout était prévisible.

En ouvrant la porte sur la terrasse ensoleillée, une magnifique grue en origami se dépose à mes pieds comme si elle avait volé jusqu'à moi. Le papier est fin et délicat. Comment était-elle arrivée ici sans que j'en fusse informée par une alerte ?

J'étais enfouie dans mes pensées. Cela me coupait parfois du monde. Je n'avais aucune raison d'attendre quelqu'un ou quelque chose arriver.

En observant l'oiseau en papier, je suis admirative. J'envie beaucoup tous ceux qui savaient faire, construire, créer avec leurs mains, ceux qu'on appelle les artisanaux. Je n'ai aucune de ces qualités. Je me souvenais du symbole de la grue : la longévité. La légende s'inspirait de l'histoire de la petite Sadako Sasaki. Âgée de deux ans le jour du bombardement à Hiroshima, elle a une leucémie à neuf ans. Une amie lui raconte que quiconque fabrique 1 000 grues[13] verra son vœu se réaliser. Elle s'y attelle et plie tous les bouts de papier qu'elle trouve. Elle en terminera 644 avant de quitter la vie et de devenir un symbole de la paix. J'avais été émue devant sa statue à Hiroshima.

La grue est posée devant moi. Aucun message apparent.

Je l'avais examinée de tous les côtés. C'était bien du vrai beau *chiyogami*[14]. J'aurais pu choisir ce motif : fond beige, sérigraphie de fleurs rouge orangé, de la simplicité des coquelicots. Ce jour-là, sur mon tapis de course, je regardais cet oiseau de papier avec ses fleurs bien colorées, posées devant l'écran. Il prenait de la place malgré sa petite taille. C'était sans doute cela l'objectif : occuper l'espace pour occuper mon esprit.

Toute la journée, la grue m'a suivie sans que je la perde des yeux comme si elle avait un message à me transmettre. Hélas, elle restait mutique.

---

[13] La légende des mille grues (千羽鶴, せんばづる, senbazuru ou zenbazuru) que j'avais lue en japonais.

[14] Papier de 1000 ans.

Que va-t-il pouvoir se passer d'autre ?

Je suis dans un état d'attente permanente qui paralyse mes actions. Cette humeur est extraordinaire. Elle fait voler mon esprit.

Quelqu'un, quelque part, pense à moi et me le fait savoir. Je me sens tout à coup importante. En même temps, j'ai peur que cette fièvre s'arrête et que ce ne soit qu'une méprise.

# La lettre

Le matin d'après, c'est une enveloppe que j'ai trouvée sur le bord de la fenêtre. J'aurais pu ne pas la voir. Elle se serait envolée. J'étais perturbée et fascinée : une fois de plus, quelqu'un avait osé s'approcher de près de la maison sans que j'aie été prévenue.

Des courriers, on n'en reçoit plus. Je sais ce que c'est. Petite, cela m'était arrivé d'envoyer des cartes au cours de mes voyages, comme un exercice. Cette vieille pratique a de quoi nous surprendre. Autant les colis arrivent régulièrement, autant les correspondances papier ont disparu au fil des ans.

L'enveloppe est bleue, délavée et fermée. Je décolle les bords précautionneusement comme si c'était de la porcelaine avec la peur de perdre un morceau.

Mon prénom est écrit élégamment à l'encre céruléenne.

*Mahavel*

*« Mahavel... me fait tant penser à Ma avel*[15]
*Avec la douceur d'un ael*[16]*,*

---

[15] Mon vent, en breton.
[16] Un ange, en breton.

*Le vent, la brise, ce sont pour moi les symboles de la fraîcheur.*

*Avez-vous une aussi jolie âme que votre prénom ? »*

Ces quatre lignes manuscrites, poétiques et mystérieuses, me touchent profondément. Les caractères sont bien formés, rondement, à l'ancienne. Je trouve l'ensemble esthétiquement beau et l'intention, remarquable. C'est la première fois que je reçois un « cadeau » de ce genre, complètement décalé par rapport à mon environnement. Cela m'émeut.

Assise au soleil, la feuille dépliée est posée sur la table. Je suis presque fébrile. J'attends. Je prends le temps. Le plaisir, ce sont aussi ces moments pleins d'espoir, des instants simples comme on n'en vit pas beaucoup. Laisser passer quelques jours. Imaginer ce qui pourrait arriver. Je me laisse porter par un état de contemplation.

C'est mon histoire et mon intimité. Je pense à mes mères, Camille et Alycia, qui m'ont appris la patience.

# Alycia, ma mère

Ma mère, c'est ma mère. Je veux dire par là que je suis naturellement attachée à cette femme agréable dont je suis l'unique fille. Tout le monde l'aime. Dès qu'elle vous regarde, ses yeux commencent à briller et son sourire se forme. Elle semble toujours joyeuse, vous séduisant à chaque fois, montrant ses jolies dents alignées, sentant le bonheur. Ce n'était pas toujours la joie pourtant, mais une façade, souvent. Elle était jolie. Le métissage est souvent heureux. Avec elle, particulièrement.

Mamie racontait que, bébé, elle avait un visage à bisous. On la voyait. On l'embrassait. Petite, personne ne savait jamais si elle allait bien ou pas. Même malade, elle continuait à vivre naturellement, dormir, faire des risettes, sachant déjà cacher ce qu'elle ressentait. Charmante et charmeuse, on avait toujours peur de la blesser, cette petite âme sensible et presque susceptible. Sa fragilité est aussi intrinsèque que la beauté de son sourire.

Douée de ses mains très tôt déjà, son côté artiste lui donne une présence particulière. Enfant, elle savait parler aux animaux qui la suivaient, des insectes aux mammifères comme si elle partageait un langage commun avec toutes les créatures même minuscules. Peut-être qu'elle a un secret que nul ne connaît. Les chiens et chats abandonnés par leur génitrice, parce que trop faibles, avaient survécu avec elle.

Elle intrigue toujours et semble entourée d'une aura éblouissante. À l'école, elle ne trouvait pas souvent sa place. Une année, on proposait qu'elle sautât une classe, l'année d'après, qu'elle redoublât. Jamais à la bonne place, jamais à sa place. Elle aime toujours jouer, prendre du plaisir et faire plaisir, supportant peu de temps les autres.

Tellement exigeante, elle n'autorise pas un comportement non conforme à ce qu'elle imagine. Les autres savent profiter de sa générosité, ne pouvant jamais répondre à un tel allocentrisme. Cela n'est possible pour personne d'y répondre.

Derrière ce sourire, je sens sa peur de ne pas être suffisamment affectionnée, la même angoisse de ne pas faire assez pour l'être aimé, les êtres chers. Elle donne beaucoup, trop, beaucoup trop. Elle ne pourra jamais recevoir l'équivalent.

C'est une mère attentive, toujours dans l'empathie, si ce n'est le tracas. Elle devance les besoins, les miens et ceux des autres, me devine et me comprend. Inutile de se parler. Je ne sais toujours pas lire en elle alors qu'elle devine tout de l'autre, semblant avoir une intuition que nul autre n'a.

À mon sens, sachant cacher toutes ses émotions, elle sait détecter facilement celles des autres moins bien dissimulées.

Pour elle, nul ne fait jamais assez. Même moi. Je lui dis, montre que je l'aime. Je sens qu'elle voudrait avoir une fille exceptionnelle qui saurait la combler. Je suis moi, ni plus, ni moins. Je fais de mon mieux. Mon mieux n'est pas le sien. Elle attend toujours, sans le montrer, des gestes, des mots et des cadeaux. Elle m'a appris à recevoir. Je ne sais pas rendre autant.

Ce qui lui paraît naturel avec son sens aigu de l'empathie et de la connaissance de l'autre ne l'est absolument pas pour moi qui peine à chercher, à voir.

Alycia, c'est ma mère surnaturelle. Elle m'a donné le meilleur, me rendant invincible et unique. Elle, en tel manque de confiance, a su me transmettre une assurance bienveillante. Tant aimée et tant soignée, je garde cet amour de moi. J'ai cependant cette peur rémanente de ne pas savoir quand et pourquoi elle souffre.

Elle a une classe innée et une grâce que Camille, descendant des plus illustres personnages de l'histoire, n'aura jamais. Ses traits sont fins, des doigts à ses lèvres en passant par les pieds légers et délicats, elle, la fille des îles, celle dont certains ancêtres étaient « ploucs » bretons et d'autres noirs. Sa beauté sauvage semble avoir emprunté aux uns et aux autres leurs plus gracieux atouts.

C'est le miracle du mélange, ce qui fait qu'on incarne un extrait de chacun, la douceur de la peau, la finesse des cheveux bouclés, la matité du grain de peau. Tout ceci représente un ensemble gracieux et singulier.

De la volonté, elle en a. Vouloir, c'est pouvoir, menant son chemin, voyageant là où peu de gens osent s'aventurer, sans peur, avec même une aisance qui la fait se fondre au milieu des autres. Elle, rare blanche, a traversé le fleuve Ogooué sur des pirogues au milieu des bananes avec les Gabonais. Un jour, une embarcation s'est fendue, laissant les passagers nager jusqu'au bord, risquant de nourrir les alligators. Pour elle, c'est une aventure comme une autre. Elle en parle de façon banale.

Je ne connais personne qui a cette capacité à s'adapter, changeant de lieu, de milieu, de métier, d'amis, tourner la page, rompre, reconstruire. C'est une résistante de la nature, souffrant, mais combattant en avançant seule, en définitive.

J'ignore tout de sa vie de jeunette. Elle ne se raconte jamais. Elle a voyagé, vécu dans des contrées exotiques de l'Afrique, découvert les villages isolés du Gabon, visité le Congo, côtoyé les esprits chamaniques, est passée de Paris à la Province, du Sud au Nord, et inversement. Ce sont les seules grandes lignes qu'elle a partagées.

Sa peau lisse et ses cheveux, même pas grisonnants, nous font croire qu'elle est toujours cette enfant d'avant, aimant la vie, jouer, s'amuser, rire et prendre du plaisir comme si elle était insouciante. Lorsque je suis avec elle, nous rions comme des sœurs ou des amies. Elle adore flâner dans les rues, découvrir et se laisser emporter par la vie. Je réalise quelle chance j'ai eue de la côtoyer.

Elle m'a appris à me suffire à moi-même pour cette vie future.

C'était son apport à elle.

M'a-t-elle préparée à partager ma vie avec un alter ego comme Camille le fit ?

# Camille

Je la vois comme le contraire d'Alycia. Autant l'une est séductrice, généreuse et joyeuse, autant l'autre est raisonnable, sérieuse, parfois radine et rarement enjouée. Elle ne semblait jamais satisfaite de son existence.

Son enfance, elle en parle comme un chemin de croix, d'un ton à peine ému, comme une histoire qui ne la concernait pas directement :

— Mes parents m'ont élevée dans un monde virtuel de l'histoire de la famille. Ma mère descend d'une branche noble et richissime dont les enfants ont été exclus. Avec cette volonté revancharde, je n'ai pas grandi dans la sérénité.

» J'habitais dans un quartier huppé de Paris, le sixième arrondissement, considéré comme le secteur des bonnes sœurs avec tous ses magasins spécialisés dans les objets religieux, des icônes aux chapelets en passant par les médailles et les chasubles liturgiques alors que nous étions presque des va-nu-pieds.

» Notre nom à particule nous faisait passer pour des aristocrates. Le sang et nos origines volées étaient plus importants que la vie au quotidien. L'affection ? Je n'en ai jamais eu. J'étais moi aussi un témoignage vivant de ces restes familiaux et jamais considérée comme une enfant qu'on devait faire grandir. Avais-je le nez d'untel ou le talent d'une telle ?

» J'ai fait ma scolarité dans les établissements les plus renommés pour les filles comme Sévigné et Fénelon. Puis, il fallait faire du droit pour continuer dans la lignée familiale et toujours cacher notre pauvreté. Les chaussures et vêtements presque neufs que les généreux donateurs de l'arrondissement laissaient étaient trop étroits ou trop grands, jamais à la bonne taille.

» Aux anniversaires, je n'invitais pas. Personne ne devait découvrir notre dénuement derrière les apparences. Je n'étais pas non plus invitée.

» Où était ma place ? À qui je ressemblais ? Je n'appartenais à aucun monde.

» Je suis partie dès que j'en ai eu l'occasion pour aider les autres, avec Médecins sans frontières, et oublier les futilités des combats de famille. De côtoyer la pauvreté réelle de tous ces êtres, dont la seule bataille était de survivre, m'a redonné goût à la vie. Je me sentais démunie, je l'étais, je l'assumais. Cela me faisait du bien.

» Je revenais en France, travaillais juste pour vivre et repartais. Ce besoin de repartir est viscéral. C'est ma sauvegarde.

» Disparaissant ainsi des mois durant sans voir mes parents. Je ne leur manquais sûrement pas. Ils sont partis, me laissant sans famille, avec cette impression de ne les avoir pas connus, pas pu les apprécier et n'avoir jamais pu compter sur eux. Je n'ai jamais beaucoup pensé à ceux qui étaient davantage mes géniteurs que mes parents.

» La rencontre avec Alycia m'a stabilisée longtemps, même si j'étais maladivement jalouse, de son sourire que les autres remarquaient, de sa capacité à être joyeuse et optimiste, de l'attirance que les autres avaient pour elle. Je l'admirais et la dénigrais pour mieux la garder. J'avais peur qu'elle me quitte, non pas pour une autre, mais pour un garçon qui aurait ce que je n'avais pas, une virilité.

» Je savais que je forçais ma masculinité, presque comme un étendard. C'était sans doute inutile. À quoi bon exhiber son intimité ? Cela ne regardait que moi et moi avec mes proches.

» Tu sais, Mahavel, l'essentiel, ce sont les rencontres humaines. Même s'il n'y en a qu'une seule importante, il faut se donner les moyens de vivre cette relation entièrement. Tout le reste, le matériel, les apparences, les origines, ce n'est que vanité.

» Fille unique, je n'avais jamais imaginé partager ma vie sentimentale avec un garçon, un mââââle, disait-elle, d'une façon un peu grossière.

» C'étaient mes meilleurs amis, mais je ne pourrais pas cohabiter intimement avec un seul d'entre eux. Quand je pense qu'à une époque, il y avait des homophobes, je suis stupéfaite. C'est un choix personnel qui n'implique que chacun de nous. Cela ne nous viendrait pas à l'idée aujourd'hui de juger quelqu'un qui ne dérange personne. Nous serions condamnés et marqués à vie.

» Le mariage est une notion surannée qui ne sert plus à rien. Les anciens codes ont tous été jetés au pilori après la vague macroniste. Ce n'était pas un progrès, car réalisé souvent contre la volonté des gens. Cela se fit comme cela un matin du mois de juillet 2022. J'avais deux ans.

» De nos jours, fille ou garçon, femme ou homme, la catégorie sexuée, la couleur de peau, la religion ne sont plus des critères de différenciation. Voilà quelques années déjà que nous sommes passés au nombre d'identifications. C'est la seule solution qu'on a trouvée en 2032 pour ne pas faire de différence après le cycle infernal de l'extrême droite au pouvoir. Il a fallu créer des numéros neutres qui ne nous classifient pas en fonction de nos origines.

» Aujourd'hui, cela n'a plus du tout d'importance. Une femme n'a pas toujours envie d'avoir des enfants, un homme peut en désirer et en adopter. C'est si simple ainsi. Les mentalités ont changé positivement dans ce domaine.

Camille continuait :

— Ma famille a gaspillé tout son temps, son énergie pour un nom, une fortune, des biens matériels. Mes parents n'ont aimé personne, seulement appris à détester, se venger, en vouloir. Jamais ils n'ont regardé autour d'eux, trop préoccupés par leurs faux malheurs. Ils ont vécu aigris et ont fini leur vie seuls, chacun à son tour. Ils m'ont transmis sans doute ma capacité à envier, ce défaut bien encombrant qui m'obligeait à regarder ce qu'avaient les autres et à ne pas m'améliorer, moi-même.

Au milieu de cette ambiance, Camille avait préféré s'engager dans des combats humanitaires liés aux déplacements de populations en Afrique. Elle avait moins d'occasions de se tourner vers elle-même. Elle se sentirait utile. Elle l'était sûrement. Parfois, je lui en voulais de s'occuper des autres, comme si elle m'oubliait. Elle semblait connaître mon avis :

— Tu n'as plus besoin de moi. Tu travailles, tu es logée, tu as de quoi vivre et une personnalité équilibrée. Je n'ai plus à m'inquiéter pour toi.

» J'ai vu des gens souffrir, d'autres mourir. La seule chose qui compte pour eux, c'est de retrouver un peu de ceux qu'ils ont aimés, un geste, une poignée de main, un regard, une odeur. Qu'ils n'aient rien importe peu.

» En voyant défiler sa vie, il est sûrement bon de savoir ce qu'on a fait de ce chemin. A-t-on aidé, regardé parfois les autres ? A-t-on donné, ne serait-ce qu'un peu de temps parfois ?

» Le bonheur, ce sont ces instants partagés avec d'autres, de rires et d'émotions. Considérer les autres nous aide à ne pas nous occuper de nos petits bobos.

Même si je n'avais pas cette préoccupation, je comprenais ce qu'elle disait avec beaucoup de sincérité et de profondeur. Qui sait ce que me réserve l'avenir ?

## Se découvrir l'un, l'autre

Après la lettre, tout est allé à une vitesse à laquelle je n'étais pas préparée.

Lorsque les événements arrivent, tout semble se bousculer. Un train d'agitations nous traverse. Le temps passé à réfléchir ne m'a servi à rien. Je suis devenue une humaine avec ses faiblesses, ses émotions et son empathie que la raison a désertée.

Il a sonné au portail assez tôt, à peine quelques jours après la lettre. Je savais bien que c'était lui. J'ai aperçu ses yeux sur l'image projetée sur le verre de la cuisine, les mêmes qui m'avaient déjà troublée. Mince ! Je n'étais ni douchée, ni habillée pour me confronter aux autres.

Au lieu de rêvasser, je ferais mieux d'ouvrir et de m'agiter. J'aurais pu, en un mot, arrêter cette histoire avant de la commencer. Je n'en avais pas du tout envie.

Je me suis mise sur le seuil à le regarder s'avancer. Quel accoutrement ! Il semblait sorti du passé. Un bas bleu jean non ajusté, même pas élastique à la taille, une chemise avec des rayures bleues et blanches et des boutons, ce genre d'habits qu'on ne porte plus depuis longtemps. Un petit bleuet était cousu sur sa poitrine, l'équivalent de mon coquelicot. Il avait une sorte de cordelière pour tenir ce pantalon. C'était beau parce qu'original, mais bien étrange.

Il aurait dû être mal à l'aise. C'est moi qui l'étais. Sans me quitter des yeux, il arrivait d'un pas assuré, le visage lumineux sans même savoir ce que j'avais pensé de tous ses égards me montrant son intérêt. Cela ne semblait pas le perturber. Je ne savais pas où regarder en le voyant déplier ses longues jambes pour arriver jusqu'à moi d'une allure accorte.

Heureusement, c'est lui qui a commencé. Ce n'est pas toujours apprécié de toucher, même d'effleurer ceux qu'on ne connaît pas. Le mieux est de ne pas le faire. Un salut de la tête est approprié. Il l'a fait, en baissant les yeux. J'ai répondu de la même manière, rassurée, par cette distance polie.

Il y avait des sièges dehors. Je n'allais pas faire entrer un presque inconnu dans mon chez-moi. J'ai laissé SVT22 connectée. Elle ne pouvait pas enregistrer la conversation, mais uniquement visualiser les mouvements pour intervenir en cas de problème.

Comprenant sans doute que je ne me livrerai pas encore, il a commencé à raconter son histoire.

— Je m'appelle Ferdinand. J'habite dans la Zone Sans Onde de Bulat-Pestivien.

Ferdinand ! Quel drôle de nom !

La Zone Sans Onde. ZSO. Je n'y ai jamais mis les pieds, pas parce que j'étais une jeune fille seule. Je ne comprenais pas l'idéologie qui réunit ces personnes m'apparaissant comme des zonards. Sans doute avais-je une vision un peu caricaturale.

Le mouvement est né dans les années 30. J'étais encore une petite fille. Des citoyens ne voulaient plus être pistés, se battaient pour la liberté de vivre sans être surveillés en permanence. Ils rejetaient le progrès. Des personnes ont établi domicile dans des lieux par conviction, d'autres sont partis, ne voulant pas retrouver une société rétrograde, trop habitués qu'ils étaient au confort offert par la technologie et craignant le retour de l'insécurité.

Le jeune homme me racontait l'histoire :

— Des communes, parfois même plusieurs ensemble, dans une zone géographique, se sont réunies pour mutualiser les espaces, les moyens.

» Ils ont installé des brouilleurs de signaux. Surtout pas de 6 G. Pas de GPS, pas de téléphone portable personnel. Les ordinateurs sont regroupés dans un lieu accessible à tous. Toutes les liaisons se font avec la fibre.

» La téléphonie locale a été installée à l'ancienne. Les câbles existaient depuis des années. Il suffisait de les réactiver. Parmi les habitants, des ingénieurs ont mobilisé leurs compétences pour faire fonctionner un système parallèle. Ceux qui le souhaitent, souvent les aînés, ont un poste chez eux pour recevoir des appels. D'autres préfèrent être prévenus par l'observatoire général de technologie.

» Nous utilisons une monnaie locale. Cela nous oblige aussi à échanger sur place. Certains n'ont pas de compte d'état.

Il précisa comme une révélation :

— Je vis avec un autre jeune homme.

Devant mes sourcils froncés, il sourit et reprit :

— De cohabitant au départ, il est même devenu un ami. Beaucoup d'entre nous ont accueilli des gens venus d'ailleurs. Fethawi est né en Érythrée. C'est presque surhumain de survivre à toutes les épreuves et de traverser tous ces pays et mers. Ils ne sont pas nombreux à avoir réussi leur exil. Il avait la chance d'avoir un métier recherché qui pouvait servir à la nation.

» Les gouvernements ont dû organiser un accueil parce que

de nombreux emplois n'étaient pas pourvus. Notre pays, notre Europe a besoin de personnes d'ailleurs.

» Les vérifications des frontières et des mers sont devenues très faciles. La peur de beaucoup de citoyens a été longtemps le risque d'invasion d'étrangers n'ayant pas la même culture, les pratiques religieuses, etc. Le gouvernement a d'abord cherché à encadrer l'immigration devenue nécessaire pour l'économie du pays. Face aux peurs irrationnelles, notre société a priorisé la sécurité, voulant rassurer.

Moi aussi, ce sujet me taraudait souvent malgré mon jeune âge. « *La sécurité, c'est l'affaire de tous* ». J'avais lu dans mes cours d'histoire cette citation sur une affiche. Elle m'avait marquée. Les pauvres sont encore plus fragiles et soumis à la violence d'autrui.

J'aimais sa façon de m'expliquer sans me prendre de haut. C'était son point de vue. Je comprenais ainsi sa sensibilité face à des sujets de société qui m'intéressaient, dont j'ignorais l'histoire récente. Et il poursuivait :

— C'était devenu le leitmotiv, l'antienne, des années 20. Des plus modestes aux fortunés, la peur s'entretient. Ceux qui n'ont rien à perdre craignent pour leur vie. Les autres gardent l'appréhension de voir disparaître tout ce qu'ils ont accumulé au fil des siècles des générations et des leurs.

» La peur, pour beaucoup, vient des autres, des étrangers, comme si dans nos sociétés, il n'y avait aucun délinquant. Les femmes et hommes politiques se sont presque tous approprié le combat contre les « envahisseurs », ceux qui viennent d'ailleurs, fuyant les catastrophes liées au réchauffement climatique, à la pauvreté. Le nom « migrants » est resté de cette période où les immigrés, émigrés ne faisaient que passer vers un autre pays. Ceux qu'ils traversaient les invitaient à aller dans celui d'après.

» Malgré le contexte climatique, les régimes autocratiques et de plus en plus de déplacements de populations, ce n'est toujours pas une priorité de sauver ces gens. La peur de mourir chez eux les habite, une anxiété qui ne les quitte pas. Elle leur fait prendre des risques incroyables pour fuir l'impensable, avec ce sentiment de survie qui les fait respirer encore et avancer sans s'arrêter.

» Après la révolte des policiers et des pompiers saturés par des missions risquées, stressantes qui les rendaient eux-mêmes violents et dangereux, on a commencé à mettre en place des drones assurant des actions de surveillance, sécurité, mise à l'abri. Rien ni personne ne leur échappait. Les hommes ont des rôles bien plus valorisants, supervisant les machines. Ils ont ce pouvoir de déclencher de leur QG les surveillances, attaques, offensives et gérer la violence de certains groupes comme les Pas d'excuse.

» La reconnaissance des délinquants est maintenant très simple. Nul n'échappe à l'identification corporelle individuelle. On retrouve parfaitement n'importe qui avec ses empreintes physiques (visage, odeur, et autres traces propres à chacun). Des policiers humains, il n'en reste que derrière les écrans. Il est si aisé de retrouver les coupables avec les nouvelles technologies.

» Plus de peur, de geste mortel, d'accès direct. La machine identifie les violents et arrête les fautifs, les vrais, de manière incontestable.

« Le Royaume-Uni, après le Brexit, a traversé une période noire. Les expatriés avaient pour beaucoup d'entre eux été naturalisés dans les pays européens. Les habitants qui le pouvaient avaient déserté l'Angleterre. Boris Johnson avait échappé de peu à plusieurs attentats. On lui imputait ce terrible échec. L'avantage a été de montrer aux autres que c'était une erreur dans notre monde de rester seuls et isolés.

» Les frontières contrôlent les passages et entrées de tous les étrangers. L'époque permet de compter sur des drones. Les personnes interpellées sont pucées à vie. On peut savoir d'où elles viennent, avec les traces repérables sur leur corps. Lorsque les gens racontent leur parcours, les traductions se font avec des interprètes électroniques très perfectionnés pouvant même déterminer en fonction de l'accent, l'origine précise de chacun, le pays, de quel village ils viennent. La voix ne trompe pas.

Moi, jeune fille, j'ai toujours pensé qu'on n'avait rien à craindre de ces personnes égarées, fuyant les intempéries, les régimes autocratiques encore plus nombreux, les folies guerrières, les guerres parfois provoquées par les pays européens et les laissant sans même une administration politique. Elles arrivent, de leur misère vêtues, pour espérer un meilleur avenir, enfin, un avenir tout court.

Ferdinand continuait à raconter, m'enlevant à mes pensées.

— Nous sommes rarement ensemble au même moment, mon cohabitant et moi-même. Cela nous permet de partager les charges et l'entretien. Il n'y a presque plus personne qui vit seul dans notre zone. Pourquoi ne pas partager un espace trop grand qu'on n'occupe que très peu ?

Je pensais à cette grande maison que j'habitais seule. Je la prêtais juste quand je m'absentais. Lui continuait à m'expliquer les principes de leur mode de vie.

— Les anciens sont heureux de pouvoir vivre accompagnés par des plus vaillants. Les villages sont redevenus de petites villes, avec plus de deux mille âmes.

» Pendant des années, certains bourgs perdant des centaines d'habitants sont restés dépeuplés. Ils n'étaient pas, disait-on, assez vivants. Il y faisait gris et frais. Les villes attiraient plus par la proximité des commerces et l'envie de consommer. Les propriétés abandonnées par les plus anciens qui mouraient étaient délaissées par les héritiers, effarés par les travaux à réaliser.

» Parfois, en traversant Maël-Pestivien, Peumerit-Quintin, Saint-Nicodème, Kergrist-Moëlou, je me souviens d'avoir vu de modestes habitations, simples et authentiques, ô combien charmantes. Des restes historiques dont personne ne voulait. Elles avaient du cachet et plaisaient, avec leurs souvenirs des temps anciens. Les jeunes y faisaient du rurbex et se régalaient.

— Du quoi ? demandais-je.

— Les explorateurs ruraux visitaient les maisons abandonnées des campagnes. Parfois, ils découvraient de vrais bijoux. L'Urbex se pratique en ville.

» Ce n'est plus possible aujourd'hui de laisser périr les pierres, ce qui nous protège. Les travailleurs avaient préféré les nouvelles maisons, modernes. Elles étaient moins chères à l'achat longtemps, mais elles ne résistent pas aux changements de climat. Les murs se fissurent, deviennent blafards au lieu d'être beiges. Certains matériaux utilisés pour la construction se sont révélés nocifs.

» Les pratiques et connaissances des « aïeuls » sont précieuses. Ils savaient orienter les habitations, ne pas les implanter dans des zones à risque, quelles pierres étaient les plus chaudes, etc. Les talus séparant les champs retenaient mieux la terre, les inondations et les éboulis.

» L'antigaspi commence par la réoccupation de lieux de vie. Dans nos coins, on ne peut plus construire de bâtiment d'habitation si des anciens sont à vendre. De nouveaux dispositifs permettent de refaire l'assainissement et une isolation efficace. Il faut de toute façon changer le mode de chauffage pour un équipement écologique, autarcique ou en lien avec les possibilités locales. Le fuel et toutes les énergies fossiles ont disparu chez nous. Trop cher pour l'environnement, trop cher économiquement.

» Dans toutes nos maisons, il y a une ou plusieurs cheminées qui ont repris du service. Nous sommes presque autosuffisants et mettons en commun les ressources partageables. La meilleure façon de lutter contre le réchauffement climatique est de vivre le plus possible localement. L'hiver est très court. Nous avons besoin de peu de ressources pour nous chauffer.

» Nous nettoyons toutes les forêts alentour et les débarrassons des bois morts. La forêt vit mieux ainsi, réchauffe notre alimentation et nos corps. Dans quelques foyers, le chaudron a retrouvé ses fonctions premières. Pourquoi laisser le feu brûler sans utiliser ses qualités ?

» Au début, c'était un peu contraignant. Nous avions l'impression de passer beaucoup de temps à gérer notre quotidien. Maintenant, nous sommes si heureux de vivre beaucoup à l'extérieur, d'échanger avec d'autres avant de mener une vie saine. Le temps n'est plus une préoccupation sauf lorsque nous travaillons dans votre monde.

» Les anciens puits reprennent du service. Ceux qui n'en ont pas dans leur cour recueillent la pluie dans des cuves. Les citernes et bacs receveurs récupèrent l'eau, la filtrent et nous la restituent. Ces coins autrefois pluvieux et froids sont devenus très agréables. Nous apprécions les pluies plus rares et orageuses et la luminosité que les anciens n'ont pas connues ici. Comme il fait plus chaud, les averses sont parfois torrentielles. Nous nous lavons avec l'eau du ciel. Nos plantes en profitent aussi.

À un moment, il a relevé sa manche et regardé ce que j'ai reconnu comme une montre. J'avais vu dans mes objets anciens une vieille montre suisse qui fonctionnait encore avec deux aiguilles. Je devais tourner le petit bouton pour la remonter, m'avait-on expliqué. On entendait tic-tac tic-tac, un bruit oublié.

— Il va falloir que j'aille travailler. Je suis de l'après-midi, dit-il, interrompant cette conversation passionnante.

Il disparut ainsi ce jour-là, me laissant pantoise après cet échange, avec des sujets de réflexion. Entre la curiosité et la séduction, je me sentais intriguée. Je ne pourrai pas le joindre. Reviendra-t-il ? M'écrira-t-il ?

Les choses sont ensuite arrivées de façon naturelle. Il a pris le temps. Parfois, il passait le matin, d'autres fois, en fin de journée, jamais dans l'obscurité. Je me sentais en confiance, une notion que je redécouvrais. Je l'ai laissé entrer dans mon repaire.

— Oh ! C'est magnifique ! s'exclama-t-il la première fois.

J'ai rougi, appréciant ce regard admiratif sur mon intérieur. C'était si important pour moi qu'on puisse partager cette passion pour l'ancien.

— Depuis mes dix-huit ans, j'occupe seule cette maison familiale que mes grands-parents ont rénovée et aménagée. Je la trouve toujours belle à chaque fois que je la vois de face, avec les pierres rousses, posées en 1795, les joints de soleil et son toit en ardoise de Maël-Carhaix.

Les murs sont en chaux-chanvre. J'ai cette belle et lourde responsabilité d'être la gardienne des souvenirs de siècles familiaux enfermés dans des papiers et des objets. Lorsque tout le monde a quitté la Bretagne, je n'ai voulu suivre, ni les uns, ni les autres, préférant rester dans ce lieu qui gardait mes souvenirs. Personne n'avait eu envie de vendre à un inconnu, avec la peur de ne plus pouvoir retrouver ses souvenances.

J'ai juste dit « je veux rester ici ». On ne m'avait pas demandé mon avis. Cette petite phrase sortie spontanément était le cri de mon cœur et a soulagé, je crois, celui des anciens. Je l’ai lu dans leurs yeux. Nul n’avait imaginé que moi, jeune fille, je pouvais avoir envie de vivre là.

Je ne sais pourquoi, nous nous sentions bien ensemble. Ferdinand et Mahavel. Nous nous comprenions. Je l’écoutais souvent et racontais parfois. Nous avions tant de choses à dire pour apprendre l’un de l’autre.

Quels beaux moments, ces instants de surprise en découvrant la vie intime d’autrui !

Et puis, un matin, il m’a invité à venir chez lui pour une journée. Je n’ai pas hésité. Il m’a donné rendez-vous au parking de la gare de Pont-Melvez.

# L'autre monde

Il était déjà là avec son sourire et son accoutrement à m'attendre.

— As-tu pensé à te déconnecter ? m'a-t-il demandé en me saluant.

Je hochais la tête en pensant avec quelle confiance je l'avais fait, en partant de chez moi. Pas besoin d'être suivie et repérée. Ici aucune borne 6G qui nous localise et suit tous nos gestes.

Nous avons attendu quelques minutes à l'arrêt des transports en commun. Un véhicule ancien s'est arrêté. Il y avait déjà une personne assise. Ferdinand lui a adressé quelques mots amicaux. Ils se connaissaient. Le chauffeur était comme l'ami de tous. Les habitants de la zone le rémunéraient. Plusieurs conducteurs se relayaient tous les jours jusqu'à la nuit tombée pour faire quelques kilomètres et transporter les personnes du coin. En général, c'étaient de bons mécaniciens qui savaient entretenir ce genre de véhicule.

Embarqués, nous nous arrêtions sur le chemin pour prendre ceux qui attendaient pour aller à l'épicerie où tous les producteurs déposaient légumes, viande et denrées diverses. Cela faisait très longtemps que je n'avais pas utilisé ce type de voiture. Je la trouvais bruyante et inconfortable. C'était étrange d'être assis à côté de personnes qu'on ne connaissait pas, qui nous parlaient naturellement. Chacun demandait à s'arrêter, l'un chez un ami, l'autre, au bourg.

Nous avons croisé une carriole tirée par deux chevaux de trait qui semblait se balader. Ferdinand a salué le conducteur en ajoutant :

— Notre ami Charles conduit parfois des habitants sur de courtes distances. Il est aussi forgeron.

Je regardais autour de moi, ébahie de voir autant de coquelicots et de bleuets au milieu des champs de blé ou d'autres cultures que je n'identifiais pas.

— Comme c'est beau !

J'étais comme émue par cette beauté joyeuse d'une campagne admirablement colorée par touches. Ferdinand m'expliquait de son ton placide :

— Les coquelicots et les bleuets sont des plantes messicoles. Une des priorités était de les laisser retrouver leur place. Les insectes et oiseaux se nourrissent de leurs graines. Les abeilles les butinent. Elles sont utiles à la biodiversité.

» Nos grands-parents disaient avoir vécu sans s'inquiéter de la qualité de ce qu'ils mangeaient, sans jamais imaginer qu'ils pourraient être empoisonnés par la nourriture. Leur survie passait par une adaptation à ce qu'attendait la population : s'alimenter en toute tranquillité. Nous avions envie de retrouver cette quiétude, manger avec confiance, simplement, sans avoir des centaines de choix inutiles.

» Les agriculteurs n'en pouvaient plus avec les mouvementés qui se retrouvaient devant leur ferme à manifester leur colère. Les groupes *Coquelicot*, *La vie, pas la mort*, *Nourrissez-nous*, *ne nous tuez pas !* nous réunissent tous encore aujourd'hui. Des paysans attaqués par des militants ont fini par comprendre.

» Tous les agriculteurs ici ont changé leur mode de culture et d'élevage. Certains se sont retrouvés tellement malades qu'ils ont réussi à remettre en question leur fonctionnement. Ceux qui n'étaient pas convaincus ont vendu leur exploitation. Ce n'était plus supportable pour eux d'être accusés de tuer au lieu de nourrir la population.

» La majorité a pu changer de modèle sans pesticides. Ils sont bichonnés, car leurs productions sont une richesse précieuse. Il a bien fallu que tous se mettent au bio pour des habitants naturellement militants.

» Certains disaient qu'ils ne pouvaient se résoudre à inverser la rentabilité. De deux tonnes et demie de blé par hectare au siècle dernier, ils étaient arrivés à sept tonnes. Comment accepter de revenir en arrière ? Il fallait gagner plus avec beaucoup moins de résultats, mais une qualité oubliée.

» Chaque région a retrouvé ses espèces de vaches d'origine, la Bretagne, ses pies noires, pour le lait, la Normande et la Montbéliarde, pour lait et viande. C'est ici que nous produisons des graines de chia, du quinoa, du chanvre. Le lin et le sarrasin sont revenus.

» Le sarrasin, cette plante rustique, qui n'a besoin d'aucun traitement et n'attire aucun parasite, nous nourrit. Autrefois, le lin et le chanvre étaient cultivés pour leurs fibres et les toiles équipaient les navires. Nous produisons à nouveau des toiles de qualité.

» Nous fournissons aussi en cannabis thérapeutiques les centres pharmaceutiques qui s'occupent de faire livrer aux malades.

» Les banques ont fini par changer leurs pratiques. Ne plus

prêter pour gagner de l'argent de leur côté, mais encourager, mettre en relation ceux qui ont les mêmes machines. Gagner moins, mais mieux. Bizarrement, cela a mis fin à la vague de suicides des agriculteurs. Ils travaillent davantage ensemble comme ils le faisaient à une autre époque, chacun essayant d'aider son voisin au lieu de vouloir gagner plus que lui.

» Les éleveurs et revendeurs de viande sont les plus protégés. La viande n'est pas forcément un produit cher, mais anime beaucoup de polémiques. Pour certains, être carnivore est une évidence héritée de l'homo erectus. Pour les autres, le végétarisme ou le véganisme est une seconde nature.

» Malgré tout, les militants de L24 ont permis d'améliorer la fin de vie des animaux. Il a fallu des drones pour préserver les élevages, les abattoirs dans des espaces bien délimités. C'est la seule fonction de ces machines ici. Les prés sont entourés de barbelés laser. Impossible de passer et de survoler. Les trésors de la terre sont contrôlés.

» Depuis bien longtemps, avec la surveillance de certaines organisations, les abattoirs sont devenus irréprochables. L'abattage des animaux a été réorganisé avec une chaîne bienveillante pour les amener sur le billot. Un camion mobile équipé pour les opérations passe dans chaque élevage.

» L'homme a été quasiment exclu du dispositif. Il y avait trop de risque de dérapage, l'humain étant jugé non fiable. Ce n'est pas un être insensible, mais l'acte de tuer traumatisant au départ, devient une opération banale. Il s'habitue et les gestes deviennent automatiques.

» Il n'est plus possible de parquer les animaux. Ils profitent des prairies, réservées à leur alimentation et épanouissement.

» Bien sûr, les sans viande souhaitent qu'on arrête tous de manger de la viande. Ce n'est pas réaliste. Nous avons beaucoup réduit notre consommation. Nous évitons la viande au moins trois jours par semaine. Mieux manger, moins, mais bien, et surtout, localement, c'est notre mode alimentaire.

» Pendant une période, les éleveurs ont eu du mal à nourrir leurs bêtes. Maintenant, au lieu de couper l'herbe uniquement en juillet, le temps a permis d'avoir plusieurs récoltes par an. La nature sait s'adapter. Le stockage de l'eau de pluie aide à pallier les carences, le cas échéant. L'herbe a changé. Elle pousse moins vite, devient plus drue et plus riche pour l'alimentation des animaux. On a moins besoin de leur donner des compléments.

» L'objectif est d'être le plus autosuffisant possible pour la nourriture. Il ne fallait pas rêver. Cela ne s'est pas fait en un seul jour. Petit à petit, des personnes se sont regroupées pour partager des solidarités. Ils ont même servi de modèle à de nombreux habitants. Nous vivons presque tous en autosuffisance, ne nous nourrissant surtout de ce que chacun cultive dans son petit jardin et partage avec les autres. Le reste est récupéré dans vos boxes.

» Nous avons une démarche naturelle contre le gaspillage. Pourquoi avoir une machine à laver dans chaque foyer qui ne sert pas tous les jours ? Plus que jamais les déplacements doivent être mutualisés. Cela évite de trouver trop de véhicules sur la route. Donc, des routes moins abîmées, plus d'accidents. L'important est de mettre en commun les moyens, pas de posséder chacun le plus moderne des outils.

» Chacun a le choix d'organiser son énergie individuellement. Certaines municipalités ont mis en commun des moyens, les panneaux photovoltaïques ont couvert les toits de nos campagnes. Ils sont résistants aux intempéries. Le cycle de recyclage permet de réutiliser tous les composants.

» Nous sommes optimistes. Les Africains ont su travailler avec les restes et faire des merveilles. Les vieilles voitures et machines ont été rénovées pour être réutilisées. À une époque, avec les bouteilles en plastique, ils fabriquaient des canots, des habitations. La grande muraille verte de 7600 km de long a largement amélioré le quotidien de tous ces pays de l'Ouest à l'Est, engagés dans la lutte contre la désertification.

Moi, jeune fille, je ne m'étais jamais posé ces questions si graves. Je vivais comme j'avais appris à vivre, emportée, gérée par les technologies. Je me rendais compte qu'ils nous nourrissaient beaucoup avec des cultures de qualité. C'était une société laborieuse, qui ne fonctionnait pas avec la même unité temps. Eux ne travaillaient qu'au localisme. Le surplus de leurs cultures est partagé entre les deux mondes.

J'avais envie de mieux comprendre son entourage et la vie qu'il menait.

— Mais qui sont les autres habitants de ces zones ? Il n'y a pas que des cultivateurs. On nous dit qu'il y a beaucoup de délinquants, des apprentis terroristes qui ne veulent pas être retrouvés et qui peuvent se cacher.

Ferdinand sourit :

— Les religieux utopistes ne peuvent trouver leur place parmi nous. Ils ont besoin de proies. Ce n'est pas avec nous qu'il y en a. On estime qu'ils sont trop dangereux pour notre société.

» Il y a bien des extrémistes, certains vegans ou protecteurs de tous les animaux. La guerre est souvent rude avec les omnivores, entre les antispécistes, organisés comme de vraies brigades, et les carnivores. Parfois, les conflits d'idées sont plus violents que les combats avec armes réelles. Il reste la séparation idéologique. Les uns considèrent que nous faisons tous partie de la même espèce, animaux et humains, celle des êtres vivants.

Je comprenais difficilement comment cette communauté de personnes rassemblées avec un objectif collectif pouvait bien vivre ensemble et vraiment se côtoyer, ce que nous ne faisions plus dans notre monde.

J'admirais les magnifiques forêts que nous traversions. Elles semblent avoir gardé leur aspect naturel tout en semblant entretenues. Châtaigniers, chênes, hêtres, noisetiers se côtoient. Ils sont si beaux en cette saison, avec leurs feuilles renouvelées d'un *glas*[17] clair. Je connais encore si bien ces arbres que j'ai appris à reconnaître avec Orchidée, au cours de nos balades d'automne dans les bois.

Autour des champs, des arbres aussi semblaient surveiller les terres. Parfois, il y en avait un au milieu à faire le beau.

Ferdinand suivait mon regard et semblait lire dans mes pensées :

— Les talus n'ont pas été détruits ici par les remembrements. Il ne restait que de petits propriétaires qui n'avaient pas besoin de casser ces traces laissées par les anciens. Nous avons conservé des arbres qui tiennent la terre et participent à la biodiversité.

Au moment où je m'extasiais devant trois biches et chevreuils se nourrissant paisiblement dans un pré, Ferdinand expliquait :

— Il reste encore de nombreuses zones réservées aux animaux en liberté. Les seuls que nous éliminons sont quelques sangliers. Eux peuvent vraiment détruire les cultures. Ce ne sont pas des battues libres. Plusieurs jours par an, on se regroupe pour les chasser. Nous amenons des drones armés loués du monde avancé pour l'opération supervisée par l'Organisation Nationale des Forêts. Ici, personne n'a le droit d'avoir une arme à feu, car il n'est pas possible de les contrôler. Nous partageons ensuite tous la viande lors de repas champêtres.

---

[17] En breton, couleur de la nature, bleu ou vert.

» Depuis quelques années, nous avons réussi à stériliser certains animaux pour qu'il n'y en ait pas trop. Il faut, de toute façon, une régulation.

Dans les chemins, je voyais des gens se promener, se parler, se saluer. Ils semblaient tous se connaître et se fréquenter. Des jeunes, quadras, vieillards, etc. J'étais stupéfaite, persuadée de voir une majorité de loosers, parasites de la société, des gens qui voulaient vivre sans contrôle, donc, qui avaient des choses à se reprocher. Je découvrais un système éthique construit autour de la convivialité et la solidarité.

Ferdinand prenait très au sérieux son rôle de guide.

— Je vais te montrer le chêne le plus vieux de Bretagne. On dit que les druides y faisaient des cérémonies. Il a plusieurs siècles. Un ermite y a même vécu, raconte-t-on.

C'était un endroit incroyable. Cet arbre, on pouvait se mettre debout au milieu de son tronc découpé. Il était situé à proximité d'une ferme à laquelle il appartenait sans doute.

À un moment, j'ai cru qu'en avançant vers moi, il allait me donner un baiser. Il a juste pris ma main pour m'emmener dans le tronc.

Ferdinand m'a montré comment me délester des énergies négatives et me recharger en fonction de l'orientation. J'enveloppai le tronc avec foi. J'aimais ces pratiques auxquelles je croyais plus qu'en Dieu.

— C'est parce qu'il est beau qu'on l'appelle Tronjoly ? demandai-je.

Je n'avais pas peur de paraître ridicule avec ma naïveté.

— Je ne pense pas. Une famille noble portait ce nom. Et « tron » doit venir de « traoñ », ce qui signifie « vallée » en breton, comme tu le sais.

Ce moment fut plus qu'agréable. Nous avions la même

appétence pour les beautés et bizarreries de la nature. J'aimais ce rythme. Aller sans s'occuper du temps. Échanger. J'avais cette impression de n'avoir jamais autant parlé et écouté sans me lasser, ni m'ennuyer. Combien d'heures, de jours faut-il pour raconter sa vie, sa famille ?

Certains avaient un chien qui gambadait librement à leurs côtés. J'entendais des aboiements joyeux venant des fermes. Eux n'avaient pas été touchés par l'épidémie.

Depuis longtemps, le chien et le chat de la maison, vieux et décatis, avaient disparu, heureusement de vieillesse. Ils n'avaient pas été remplacés. J'étais triste de les avoir perdus. Quant aux compagnons félins et canins, ils avaient été nombreusement décimés par un malin virus.

# L'épidémie

Tout commença à la SPA de Gennevilliers où, pendant une semaine, les animaux mouraient les uns après les autres. Ils tremblaient, se couchaient, ne mangeaient plus et s'éteignaient à petit feu.

Les tiques « géantes »[18], mais pas toujours visibles à l'œil nu, étaient sans doute à l'origine de ce mal.

Une maladie apparue ainsi a vu des milliers d'animaux domestiques disparaître, d'abord en France, puis dans les pays avoisinants. Le temps de le réaliser, de comprendre et de prendre les mesures, de lui donner le nom FTD 666, la contamination a fait perdre nombre d'amis des humains. Les seuls ayant échappé à cette épidémie vivaient dans les campagnes, sans contact avec les congénères.

Le chagrin était partout en plus de l'inquiétude. Il a fallu des semaines pour réagir, des mois pour comprendre. La peur de la propagation chez les humains avait contraint à des mesures draconiennes d'hygiène. On détectait les moindres poils sur les vêtements et autres objets. Ils étaient aspirés. Les propriétaires des bêtes étaient suspects.

---

[18] Les plus cultivés parlaient des Hyalomma marginatum.

Les voisins, morts de peur, n'hésitaient pas à dénoncer ceux qui avaient enfreint les règles par crainte d'être touchés par le virus ou par malveillance. Certains avaient été condamnés pour avoir enterré dans leur jardin, sous un arbre, leur ami de longue date. C'était une partie de leur vie qui s'en allait. Ces mamies esseulées n'ayant plus que Milou ou Mouzi comme compagnons ne s'étaient pas résignées à les perdre et à voir les corps partir en fumée. Ce n'était pas la même chose d'être enterré que carbonisé. On en a vu se laisser abattre par la peine.

Au-delà des chagrins, des sentiments somme toute très humains, l'inquiétude des dirigeants était flagrante. Ce n'était pas un virus quelconque qui sévissait dans des contrées lointaines. Non, il était là, à nos portes. Comme si la distance avait encore de l'importance !

Comment ne pas imaginer que cette maladie pourrait ne pas affecter les hommes ? Les chercheurs s'affairaient. Dans de nombreux lieux forestiers, devenus déserts, les hommes en combinaison tendaient des draps d'une blancheur immaculée pour attraper des spécimens qui allaient être décortiqués, analysés. Les plus impliqués rêvaient de trouver les causes et donc, d'y remédier.

Dans la famille, les chats avaient disparu ainsi. J'étais encore petite fille. Ce fut mon premier contact avec la mort. Chaque membre essayait de m'expliquer ce que je n'étais pas prête à concevoir. Que les êtres humains ou autres ne vivaient pas éternellement, je le concevais. C'est le pourquoi qui m'échappait et me tourmentait. Cela voulait dire qu'on pouvait disparaître avant d'être vieux.

Heureusement, tout a pris fin un beau jour, après des mois de crainte. Les hommes n'étaient pas touchés. Les races les plus fragiles avaient été décimées. Que de chagrin avait affecté les amoureux des animaux ! Le cimetière des chiens d'Asnières s'est agrandi pour accueillir les cendres de leurs « enfants ». Il fallait incinérer tous ces corps malades pour éviter d'autres contaminations.

Bizarrement, cela a fait cesser un engouement devenu passion. Beaucoup n'ont pas voulu reprendre un animal, trop affectés par ce destin. Le risque de perdre son compagnon sur pattes décourageait ceux qui avaient envie d'en soigner un.

Combien de chiens et chats vivaient encore dans les foyers ? Le chiffre était tenu secret. Le puçage était obligatoire. La cellule de surveillance des animaux de proximité savait évaluer le nombre d'êtres vivants et pouvait même les localiser. La puce signalait également les maladies, accidents et décès. Gare à ceux qui ne se pliaient pas à cette règle !

Perdue dans ces souvenirs douloureux, je ne m'étais pas rendu compte du chemin parcouru. Un chat à poils longs de type angora m'accueillit dans la cour d'entrée en se frottant sur ma jambe. Cela faisait si longtemps que je n'avais pas caressé un minet. C'était un réel plaisir. Je comprenais tellement tous ces gens qui avaient partagé leur vie avec des bêtes.

Nous arrivions devant ce que j'imaginais être son domaine.

## Son domaine

— Te voilà déjà adoptée par Chat Taigne.

— C'est une teigne ? demandais-je en riant.

— Pas du tout. Il adore jouer avec les châtaignes que nous retrouvons dans le jardin. Il sait les manipuler sans se piquer.

Je pensais que nous aimions tous les animaux qui ont une utilité affective, mais pas uniquement.

— Voilà mon antre.

J'admirais le jardin, ou plutôt la courette accueillante devant la maison. Des touches de couleurs fleuries me montraient l'intérêt de Ferdinand pour le jardin. La lavande couverte d'abeilles et de bourdons sentait bon. J'étais contente qu'il me présente cet espace.

— Je n'ai pas vraiment transformé ce lieu. Il y avait déjà beaucoup de plantes dites sacrées pour les druides.

Il me montrait tour à tour le buis, la sauge médicinale dont j'aimais l'odeur et la douceur des feuilles, l'orpin, cette plante succulente avec ses feuilles teintées de rouge, le beau jaune du millepertuis, le lierre terrestre sauvage, la meilleure plante pour bien passer l'hiver, la camomille matricaire, que je consomme souvent pour me calmer, l'armoise et ses feuilles pennées, une bardane bien adaptée à la Bretagne.

— Ce ne sont pas que des plantes qui soignent. Chacune a des vertus que nous connaissons. Je fais des tisanes en mélangeant les unes et les autres. Parfois, un voisin vient prendre une branche ou des racines. Nous échangeons des plants.

Ma grand-mère réunionnaise a aussi des connaissances pointues acquises au fil du temps. C'est une tisaneuse. Elle a dans sa maison un coin réservé aux livres, avec des fiches souvent manuscrites reçues des anciens, annotées, et des pots plus ou moins remplis de feuilles séchées avec des étiquettes. Aucune n'est dangereuse, bien qu'elle connaisse les propriétés de certaines d'entre elles.

Ferdinand tenait à partager avec moi ses connaissances avec ses capacités extraordinaires de pédagogue.

— Les abeilles font une de leurs dernières récoltes sur ce buis en recueillant l'exsudat très sucré enveloppant les fruits. Cela devient un miel jaune clair. Avec leur odeur âcre, les buis ont été éloignés de l'entrée. Il n'y avait pas de jardin sans cette plante en Bretagne, car elle avait de nombreuses qualités. Le bois du buis, solide, était aussi utilisé pour confectionner les maillets des loges maçonniques. Régulièrement, je fais bouillir les feuilles pour éliminer les parasites sur les animaux.

» Quand nous avons ce genre de connaissances sur les plantes qui nous entourent, nous n'avons plus besoin de médicaments, de gélules dont nous ignorons les effets secondaires. Ici, nous ne souhaitons pas faire vivre les produits pharmaceutiques autant que possible. Nous espérons qu'avec une vie plus saine et des produits adaptés, nous serons moins malades.

» Des personnes formées à la médecine chinoise, celle qui prévient plus qu'elle guérit, vivent ici.

J'aimais cette vision des choses. Certes, elle m'éloignait des technologies. Et si c'était possible de se soigner ainsi ? Le plus drôle était la préoccupation de nos deux sociétés si différentes dans nos motivations et pratiques qui souhaitaient développer la prévention des maladies.

Le tour ainsi fait, nous nous sommes retrouvés devant l'entrée. Un cogneur de porte en forme d'abeille était bien visible sur le bois patiné. Je ne pouvais m'empêcher de l'effleurer. Ce geste sembla toucher mon compagnon qui regardait chacun de mes mouvements, discrètement.

— C'est un souvenir de Slovénie où j'ai passé du temps pour apprendre l'apiculture, une vraie philosophie. Avant tous, ce petit pays a compris l'importance des abeilles avec cinq apiculteurs pour 1 000 habitants. L'herbe des parcs n'est plus coupée avant les floraisons. Ces fleurs parsemées nourrissent les apidés et nous, par la même occasion.

» J'ai pu ramener des abeilles carnioliniennes réputées non agressives. Elles se sont bien adaptées, surtout dans un environnement protecteur où elles ne ressentent aucune hostilité.

» J'ai des ruches que les enfants ont décorées derrière la maison et dans une clairière proche. Les plus jeunes adorent voir et comprendre ces reines des insectes. Sans elles, pas de fruit. Nous pouvons ainsi comprendre le cycle de la vie, l'histoire, la botanique.

» On ira les voir plus tard. Nous sommes plusieurs à consacrer de l'espace et du temps à ces majestés.

» Il faut reconnaître l'importance fondamentale des abeilles. Nous faisons un peu d'apitourisme et même de l'apithérapie. Vivre au milieu de ruches joliment décorées, ce n'est pas uniquement du plaisir et du folklore, mais la sauvegarde de la diversité.

» L'objectif n'est pas de produire beaucoup et d'aller vers la rentabilité, mais bien un style de vie. Nous avons réussi à mettre en place des mesures pérennes pour les protéger, les aider à vivre et à produire.

Comme c'est étrange et romantique de donner un sens à tous ces gestes et à la nature dans son ensemble ! Malgré mon profil d'écolo, je me sentais loin de ces pratiques et surtout de cette philosophie.

En entrant, je pensais que je n'imaginais pas ainsi l'intérieur de la maisonnette qu'on voyait de l'extérieur. Jolie en dehors et chaleureuse en dedans, les choses étaient harmonieusement arrangées. Un porte-manteau majestueux en bois noir comme de l'ébène apparaissait dès l'entrée. Sur un pan de mur, des photos de personnes assises dans de beaux fauteuils nous immergeaient dans le passé. Cela n'avait pas l'air d'une simple habitation d'un garçon célibataire. Tout était délicatement agencé, avec goût.

Un mélange de styles, d'objets sans doute récupérés ci et là donnaient à l'ensemble un caractère cossu. En entrant, le piano quart de queue Pleyel noir brillant attirait l'œil. La bibliothèque était ancienne avec ses livres reliés patinés. Le mur du salon était recouvert d'une splendide tapisserie reproduisant une scène historique. Je l'admirais en silence ne souhaitant pas me montrer d'une curiosité dérangeante. J'aurais tant voulu ouvrir les albums posés sur le guéridon à plateau de marbre.

— Pourquoi as-tu choisi ce lieu ?

— Lors d'une balade, j'ai découvert les trésors de ce coin. On l'appelle à nouveau une ville. C'était encore un village déserté voilà de nombreuses années. Une fois par mois, qu'il vente ou pleuve, étaient déjà organisés des vide-greniers, des fêtes non commerciales pour se retrouver. Les gens venaient de loin. On échangeait avec très peu d'argent. L'objectif était de ne rien acheter, ni jeter, et de permettre une nouvelle vie aux objets, vêtements et livres, l'idéal étant de troquer.

— C’est pour cela que tu as de beaux meubles et objets anciens ?

Il sourit et répondit :

— C’est mon héritage que je transporte et dont je ne sais pas me séparer.

J’aurais aimé des précisions. Il continua sans autre explication :

— Petit à petit, le bourg a été à nouveau habité par des personnes recherchant la tranquillité et l’authenticité. C’était le bon moment pour recréer une autre façon de vivre. Aux alentours, le patrimoine naturel et bâti, profane ou religieux, constitue une vraie richesse. De nombreux visiteurs viennent se balader, à la recherche d’histoires locales et d’anecdotes. Plusieurs volontaires du pays, d’origine ou nouvellement installés, font les guides.

» Une maison ancienne en pierres avec un beau jardin déjà aménagé, juste à côté de la chapelle Saint-Blaise, s’est libérée. Ce n’était vraiment pas cher. J’ai pu l’acheter.

» Aujourd’hui encore, j’aime me promener au cimetière de Bulat, devant ce triangle arrangé pour les anges morts jeunes au milieu de leurs protecteurs, les ecclésiastiques enterrés avec eux. Je vois toujours le clocher en dentelle de pierre et la flèche la plus haute des Côtes-d’Armor avec ses soixante-six mètres. Nous entretenons avec les bénévoles les fontaines du coq, de la vierge et celle des sept saints dont les statues ont disparu.

— Cela fait longtemps que tu y vis ?

— Treize ans, depuis que le pire est arrivé.

# Le pire était arrivé

— En 2027, j'avais 20 ans.

Me voilà fixée sur son âge. Nous avons treize ans de différence. Ce n'était pas important. Je voulais juste savoir.

— Cette année-là, au premier tour, la petite-fille Le Pen avait rassemblé plus de 40 % des voix, comme en Autriche, comme en Allemagne, pas seulement en Europe, mais aussi sur d'autres continents.

» La population en avait eu assez de morfler. Partout dans le monde, de nombreux pays avaient testé le pouvoir aux extrêmes, surtout au fascisme. Ce n'était pas qu'une question de richesse et de pauvreté, mais d'écologie, de consommation, de bien vivre. Après avoir assisté à la disparition des partis classiques, j'ai lu, regardé des documentaires, appris l'histoire politique de la France, complété mes connaissances pour bien comprendre dans quel monde nous vivions.

» Ce soir du 2 mai fut le plus funeste de ma vie de jeune homme. C'était un séisme non seulement politique, mais idéologique et économique. Tout le monde avait vu venir. Personne n'y avait cru ou beaucoup s'étaient dit : « Advienne que pourra ! ». Qui avait osé vouloir essayer ce régime ?

» Les Français avaient tout expérimenté, disaient-ils, la droite, la gauche, le centre, les nouveaux après les anciens. Nul n'avait réussi.

» Les partis de gens installés avec un représentant à leur tête qui payaient pour tout : coller les affiches, distribuer les tracts, avaient fini par démilitiser les volontaires les plus durs. Le bénévolat avait fait son temps. L'État comptait sur les associations pour ne plus faire lui-même. Il déléguait. Changer la forme ne suffisait pas. Donner l'impression de changer le fond n'était pas assez.

» L'ancien monde avait persisté malgré l'annonce du nouveau. Les pratiques politiques n'avaient pas bougé. Le manque d'expérience et de métier ne convainquait pas mieux que les politiciens professionnels. Tous ceux qui y avaient cru n'y croyaient plus. L'espoir était perdu de ce côté-là. La majorité était prête à prendre un risque inimaginable voilà quelques années : un des extrêmes.

» Aucun parti n'avait compris. Les élus restaient hébétés par ce qui s'était passé, n'acceptant même pas une remise en question de leurs pratiques, de leur médiocrité. Les gens voulaient des représentants engagés.

» La politique, ce n'était pas un héritage. Fini la carrière. Ce n'était pas non plus un métier à vie. Il était bon de se frotter à la réalité. Les différentes élections auraient pu être des leçons pour les élus non réélus. Que nenni ! Ce fut le déni. Les enseignements ne concernent que les autres.

» Seuls les groupes spontanés avaient du poids. Quelqu'un lançait un mot d'ordre sur les flux et tout le monde se mobilisait. Toujours la surprise. Nous n'avions que notre créativité et inventions des mouvements avec peu de gens, mais le spectaculaire pour impressionner. C'était jouissif d'être ainsi dans des actions. Pas de violence, pas d'appartenance formalisée. Nous étions des individus avec des idées.

» Le deuxième mandat de Macron finit de laminer les avantages, ce qu'on appelait faussement les privilèges. Il ne restait que le souvenir d'acquis sociaux.

» Après le Code du travail qui avait volé en éclats le premier, les autres n'ont pas tardé. Le changement, selon certains, passe par la suppression de tout ce qui était fait avant. On jette tout avec l'eau du bain pour recommencer. Avec la fin des anciens mondes, le nouveau est bien le pire. Les inégalités sociales sont devenues criantes et les dispositifs ne prennent plus vraiment en compte les personnes en difficulté.

» Le monde a explosé. Avec raison ? Nul ne le sait vraiment. Quand cela arrive, on reste stupéfait devant les éclats, ne sachant comment agir. Un troupeau de nouveaux politiciens découvrant avec appétit les responsabilités alliées aux rémunérations a fait ses classes. Difficile de découvrir, d'apprendre et d'être aussitôt immergé et efficace. Les anciens se marraient bien. Les nouveaux ramaient. C'était la quadrature du cercle.

» L'attente si forte ne dura pas longtemps. Chacun voulait du résultat tout de suite. Les mesures pour les autres n'intéressaient que les autres avec un individualisme qui se développait.

» Le point commun était l'insatisfaction. Les contre s'alliaient contre les pour. La période fut compliquée, racontaient ceux qui l'avaient vécue, accélérant la fermeture des commerces de proximité et la démission de milliers d'élus. Le gouvernement était perdu, ne sachant plus comment retourner la situation. Il manquait l'approche bienveillante, favorisant l'écoute et la compréhension.

» Avec un discours hors réalité, le Président surnommé

Jupiter a démoli tous ses adversaires, pour ne laisser que l'extrême droite face à lui.

» Je n'étais pas prêt à vivre sous ce régime. Après les élections, la résistance s'est organisée. Je me suis retrouvé parmi les jeunes meneurs.

» Nous avons pleuré avec douleur en manifestant. Nous ressassions ce qui s'était passé, incapables de le réaliser. Beaucoup de gens n'avaient pas voulu voter par dépit. Avec mes amis, nous étions incapables de nous séparer, partagés entre la tristesse, le désespoir et la colère. C'est à ce moment-là que nous avons décidé de devenir des résistants, persuadés que nous pouvions vivre dans un autre monde et échapper à l'horreur idéologique.

Je répondis à ces propos qui mettaient Ferdinand dans un état sensible palpable :

— Cette année-là, j'étais encore une petite fille. Je me souviens de l'ambiance plombée et grave.

Mon compagnon reprenait émotivement son histoire :

— Avec cette nouvelle ère, le maître-mot était la sécurité et une lutte active contre les « étrangers », responsables de tous les maux. Nous, les jeunes, n'avions pas envie de cela. C'est ce qui nous a motivés pour rejoindre des espaces un peu clos et préservés.

» Nous devions prendre en main notre destin et pas simplement aller à l'aventure pour fuir un monde qui ne nous plaisait pas. La Bretagne était la région où ce genre de vie était possible.

» Depuis longtemps, des villages comme Trémargat avaient expérimenté un mode alternatif. Nous y étions proches. Les anciens nous ont aidés à monter l'épicerie collective, les associations pour des migrants et la création d'une SCI louant les terrains aux agriculteurs souhaitant s'installer. Nous avons aussi délimité les zones à cultiver et les espaces naturels, respectant un quota pour équilibrer la part de la culture et celle de la nature.

» Au début, cela nous apparaissait un peu fun d'être en autarcie. Nous avons bien vite compris que ce n'était pas un amusement, mais un changement, une démarche militante et réfléchie.

» Parmi nous, de nombreux métiers étaient représentés. Nous avons petit à petit organisé une chaîne d'entraide avec des gens qui savaient ou qui avaient envie d'apprendre.

» Cette période a été fabuleuse. Réfléchir, conceptualiser, réaliser. On ne voyait que ce qui était possible et pas les obstacles, les difficultés. Nous nous sentions comme Robinson avec une bande de camarades préoccupés par des enjeux écologiques et politiques.

» Nous avons tous appris des autres, de cette expérience avec la même envie d'une vie cool, dans la nature, au départ. Il fallait travailler dur pour construire notre monde, s'entendre, s'aider. Quoi de mieux pour lier des individus que de bâtir ensemble ? On nous prenait pour des fous. Donc, on nous laissait tranquilles, pensant que nous reviendrions dans le monde des autres de nous-mêmes.

» Inventer un mode de fonctionnement solidaire, gérer les conflits, tout était à recréer. Certains sont vite partis. Ce n'était pas un bidonville sans loi que nous construisions, mais un système. Il a fallu, pour chacun, laisser son égo, oublier l'individualisme, ne pas penser qu'à soi et à ses envies.

» Nous sommes une cinquantaine à l'origine de ce projet de vie. C'est un lien indéfectible d'avoir traversé ces épreuves comme celui d'une famille qu'on a choisie.

» Il est possible pour certains de ne sortir que rarement de ces zones. J'en connais qui n'ont pas quitté le coin depuis bien longtemps. Ils ne le disent pas mais ont peur de ce qu'ils pourraient retrouver ailleurs.

Cela sentait la liberté des gens qui mènent une vie tranquille, mais ô combien contraignante et difficile pour arriver à cette harmonie et vivre ensemble au quotidien.

— Tu travailles à l'extérieur ? demandai-je. Je connaissais la réponse, le sachant porteur. Je ne savais pas qu'il était possible d'habiter là et travailler en-dehors.

Le « tu » était arrivé seul. Je n'aurais pas cru y parvenir si vite. Cela faisait à peine trois semaines que nous nous étions rencontrés pour la première fois.

— Oui, bien sûr. Ceux qui ont besoin de travailler parfois, comme moi, ont des métiers à la carte. Nous avons un équipement électronique pour commencer notre travail. La navette nous emmène au dépôt. Je choisis mon emploi du temps. Nous avons tous besoin d'un peu d'argent.

— Tu n'es que porteur ?

— Ici, j'ai de nombreuses activités non rémunérées, sous forme d'échanges de services. Nous aidons tous quelques heures par semaine, pour la gestion des espaces, la culture, l'agriculture ou les loisirs… Je passe une journée avec les enfants de l'école démocratique pour des activités pratiques : jardiner, reconnaître les espèces dans la nature, récolter le miel, etc.

— Dans les ZSO, m'a expliqué Ferdinand, chaque individu s'investit avec les enfants et leur apprend aussi à devenir un citoyen adapté aux non-technologies. Nous passons du temps dans les bois pour qu'ils connaissent bien leur environnement. Ils apprennent cultures, apiculture, mécanique et élevage.

» Notre objectif est qu'ils n'aient pas envie de quitter ce

monde. Si les générations précédentes avaient voulu la nouveauté, nous, nous cherchions dans le passé les bonnes pratiques. C'est du bon sens et pas de la nostalgie. Plus qu'une manière de vivre, c'est notre pérennité qui est en jeu. Les anciens ont su utiliser à bon escient les ressources. Nous pouvons aussi le faire.

Moi, Mahavel, j'interviens aussi dans les écoles. Je pensais que dans notre monde, ce n'était plus l'enseignement que j'avais connu.

L'éducation a été la priorité les quinze dernières années.

Il est primordial que les élèves soient en contact avec la vraie vie. Je leur apprends à observer, décrypter, utiliser des drones. Plus ils seront formés et plus ils seront préparés au monde réel.

Il a été établi que les capacités et les difficultés des enfants sont repérées très tôt. Même dans les crèches, leurs aptitudes sont détectées. Ils ont de l'empathie. Une des choses que les machines ne pourront jamais faire, c'est sentir l'humeur de l'autre et lui montrer de l'intérêt.

Tout est fait pour que ces qualités soient conservées et même développées – car, bien souvent, elles disparaissent en grandissant.

J'adore ce contact, susciter la curiosité, partager mes connaissances. Me retrouver avec les enfants me réjouit. Ils ont l'innocence et la spontanéité qui, très vite, disparaissent.

Je n'ai pas peur d'eux. Ils ne se posent pas des questions métaphysiques et jugent moins que les adultes.

Que je le veuille ou non, j'ai des affinités avec certains. Peut-être me ressemblent-ils parfois. Je ne peux m'empêcher d'avoir un avis sur chacun d'eux. Certains nous attendrissent, d'autres nous agacent. Je déteste la voix stridente d'un jeune garçon. Le pauvre ! Elle le suivra toute sa vie. Celui-là est un génie, mais inapte à la sociabilisation.

Certains petits ont des facilités pour la logique mathématique, d'autres savent déjà reproduire, dessiner, colorier. Un bilan est fait pour aider chaque enfant à développer ses prédispositions naturelles et pallier les carences. Nina était très douée pour les activités artistiques. Elle participait à un programme pour que tous les jours, elle dispose de temps pour les arts visuels et la sculpture. Car c'est dans ce domaine qu'elle était meilleure.

Les études se font par thème, plus jamais par matière. Certains peuvent travailler sur une époque de l'histoire ou un sujet technique, comme la maison, qui va être étudié sous tous les angles, mathématiques, historiques, techniques, architecturaux, en groupes ou en atelier. Les élèves ne passent plus leurs journées à user les chaises et les pupitres. La place est à la recherche individuelle et collective pour la compréhension et la construction de schémas. C'est tellement plus intéressant et bénéfique pour l'apprentissage.

L'investissement sur les enfants est si important. Car ce seront les citoyens de demain. Ils ne sont pas nombreux. Ils méritent d'être pris en compte de manière individuelle avec leurs manques et leurs richesses.

Chaque enfant a son parcours spécifique qui évolue. Certains apprennent très tôt à utiliser tous les matériaux pour dessiner, colorier, peindre. Ils passent du temps dans les musées et ateliers pour développer leurs connaissances et avoir une culture qui leur permettra de choisir les techniques les plus adaptées à leurs dons.

L'organisation est autre, davantage comme les collèges et les lycées. Les professeurs enseignent ce qu'ils maîtrisent le mieux en fonction de leurs compétences et de leurs affinités. Car, qui est capable de faire aussi bien du français, des maths que des sciences, de l'histoire, du sport ou de la géographie ? Comme on demandait aux enseignants d'être polyvalents, voire bons en tout, on réclamait également des enfants les mêmes réussites pour toutes les matières.

Les outils numériques sont des dispositifs d'aide et ne remplacent pas le maître. Cela n'arrivera pas.

Le voyage fait partie du programme de chaque enfant dans son parcours. Bien sûr, certains ont voyagé très tôt en famille, car ils pouvaient le faire, laissant les autres rêver à ce qu'était un vol en avion ou même un parcours en train. Chaque année, un voyage est organisé pour ouvrir les esprits sur d'autres cultures. Pour les plus jeunes, c'est la découverte des régions françaises. Plus tard, chaque continent est ainsi exploré dans les grandes lignes avec ses réalités. Car raconter ou lire, ce n'est pas vivre.

Il y a eu un afflux d'enfants touchés par le TDAH[19] et l'hyperactivité. Les raisons étaient nombreuses, parfois environnementales, souvent liées à l'éducation. Trouver pourquoi, ce n'était pas régler le problème, une fois qu'il était là.

Les enfants ont pratiqué des sports pour apprendre à se concentrer et à stabiliser ce corps qui ne veut pas s'arrêter de bouger. La solution n'était pas de les laisser assis à écouter sans remuer.

Nés dans un monde bouleversé et en danger, les parents ont cru que le bonheur de leur progéniture passait par une satisfaction permanente. Combler en offrant ce qui fait plaisir. Des générations ne savaient pas manquer et par conséquent, gérer la frustration. Attendre, avoir ou pas, ils ne savaient pas ce

---

[19] Trouble de Déficit de l'Attention/Hyperactivité.

que c'était. Cette génération de parents laxistes, adeptes de l'éducation positive, ne voulait jamais aller à l'encontre des désirs et envies des petits qui n'ont pas la maturité pour savoir évaluer, au nom du bonheur des enfants.

L'objectif était de ne pas éteindre la créativité, de susciter la curiosité, s'ouvrir sur les autres et le monde et ne plus rester égocentrique.

Parfois, souvent, les parents ne sont pas de « bons » éducateurs, davantage par ignorance ou manque de compétence que par volonté. Ils sont maintenant assistés dès la naissance pour adopter les bonnes attitudes qui aideront l'enfant à s'épanouir tout en respectant des règles. La difficulté est le dosage et l'équilibre pour permettre à chacun de grandir et de devenir un adulte bien dans sa peau et utile pour la société.

Chacun est ainsi prêt à grandir de manière harmonieuse. Un programme – schéma – permet d'allier tout cela pour « créer » des individus équilibrés.

La société a compris qu'elle a tant besoin de sa jeunesse qu'elle doit la valoriser et la rendre la plus souple possible. Comme elle soigne bien les anciens ayant construit ce monde, elle fait grandir les plus jeunes en leur apportant une « nourriture » intellectuelle et affective favorisant les besoins de chacun. Je voyais bien que dans nos mondes, nos objectifs étaient les mêmes, en définitive, avec des moyens très différents pour les atteindre.

Ferdinand continuait sur sa lancée.

— Mon métier principal me permet de voyager. J'ai une habilitation particulière, pouvant entrer dans les espaces privés sans être repérés.

— Tu as donc pu entrer chez moi, affirmé-je, car c'était un constat et pas une question.

— Oui, juste pour déposer mes petits mots, jamais pour espionner. Je suis très surveillé. J'ai déjà géré tes animaux quand tu étais absente. Je récupère les aliments laissés dans les box. Combien de fois ai-je pris des légumes, des fruits de ton jardin, les restes de nourriture, ce que tu donnais aux autres ! Plusieurs d'entre nous ont apprécié les chouchous et les bananes que tu cultivais.

— C'est vrai qu'on ne sait jamais où ils vont. À chaque fois que je pose mes aliments ainsi, j'espère qu'ils seront goûtés et appréciés.

Je me sens heureuse de savoir que parfois les excédents de mon jardin pouvaient nourrir des individus que je ne connaissais pas, qui ne me connaîtraient sans doute pas et qui, de toute façon, ne sauraient jamais que cela venait de moi. Seul un porteur comme Ferdinand avait ces informations sans avoir jamais le droit de dévoiler ce genre de secret.

Ce monde parallèle pour moi, un univers sans Internet, sans empreinte corporelle où nul n'est suivi, était vraiment étrange. J'aurais presque peur d'aller m'y promener, me sentant nue, sans protection numérique. Je n'avais pas ce regard de voyeurisme et de curiosité malsaine, respectant, un peu sceptique, ce mode de vie sans nulle envie de m'y conformer.

Comme la plupart des gens, je n'avais pas l'habitude de ne plus être suivie. Je me sens en insécurité permanente lorsque je ne suis plus à l'abri d'un œil qui nous surveille et qui, pense-t-on, prend soin de nous.

Comment la vie est-elle possible sans tous ces assistants ? Je pense que mon existence est simple, libérée de tant de contraintes d'organisation, de gestion.

La journée s'est passée sans aucun accroc. J'étais bien, en confiance, était-ce cela l'amour ? Nous n'avions aucun geste envers l'autre, juste des regards. Je savais que mes yeux brillaient, montrant une sorte d'admiration. À plusieurs reprises, j'avais surpris Ferdinand me contemplant comme une belle image. Nos sujets de conversation étaient intarissables. Nous parlions, questionnions, écoutions, avec beaucoup d'empathie.

Je ne comptais plus le nombre de nos rencontres en si peu de temps. C'étaient à chaque fois des découvertes, des questions nouvelles, des réponses à des interrogations personnelles et toujours un concentré de bonheur. J'étais intriguée par des objets, livres, qui me semblaient sortis d'un héritage plus que d'une boutique de revente dans cette maison bretonne modeste. Comment aborder un sujet qui restait pour moi une énigme : sa famille ? Il n'en avait jamais parlé.

Que cachait ce mutisme ?

Je n'ai pas eu besoin de demander. Lors de ma visite d'après, il avait pris un air sérieux que je ne lui connaissais pas. J'étais assise à ses côtés sur un petit sofa vieux rose, d'un tissu aux couleurs ternies qui dépassait sous l'étoffe indienne pâlotte. Je me souviens de cet instant d'une gravité exceptionnelle dans notre relation qui semblait jusque-là légère. Je ne savais à quoi m'attendre, sûrement pas à ce que j'allais entendre.

Un tiroir fut ouvert. Des documents, photos, livres, s'étalèrent sous mes yeux en un instant. Les albums que j'avais aperçus sur le guéridon étaient devant moi. J'allais enfin découvrir ce qu'ils cachaient.

Et l'histoire, son histoire, mais pas uniquement la sienne, commença.

Je gardais les yeux figés sur l'arbre généalogique. Ces noms, ces visages m'étaient si familiers, surtout celui de Charles II, celui qui avait causé tant de chagrin, voire de malheurs.

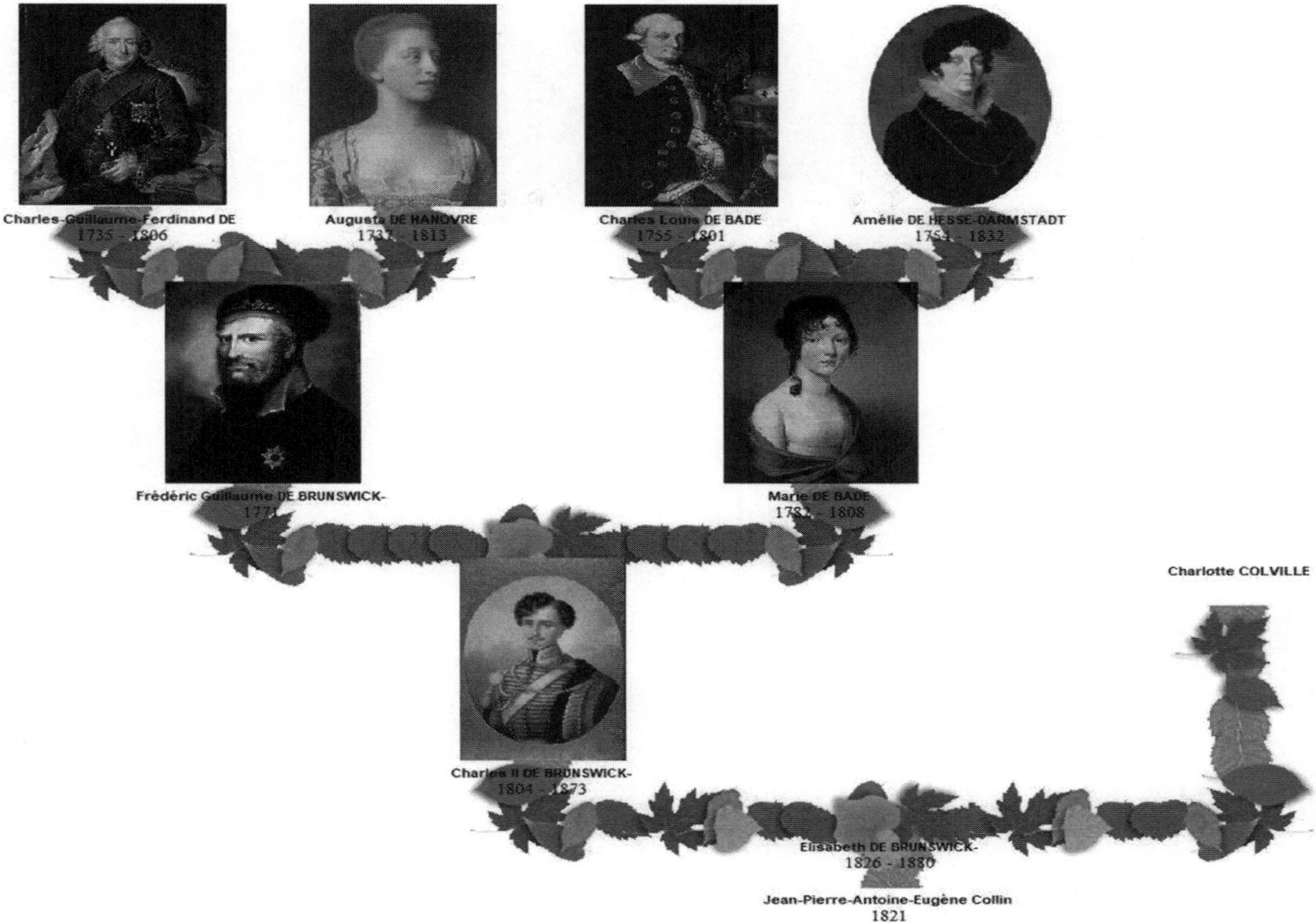

Charles-Guillaume-Ferdinand DE
1735 - 1806
Augusta DE HANOVRE
1737 - 1813
Charles Louis DE BADE
1755 - 1801
Amélie DE HESSE-DARMSTADT
1754 - 1832
Frédéric Guillaume DE BRUNSWICK-
1771
Marie DE BADE
1782 - 1808
Charlotte COLVILLE
Charles II DE BRUNSWICK-
1804 - 1873
Elisabeth DE BRUNSWICK-
1826 - 1880
Jean-Pierre-Antoine-Eugène Collin
1821

# L'héritage familial de Ferdinand

— Mon prénom vient de Karl-Wilhelm Ferdinand Von Braunschweig-Wolfenbüttel, Duc de Brunswick-Lunebourg et prince de Wolfenbüttel.

J'entendais mon prince prononcer ce nom avec un parfait accent germanique. Tout juste si je reconnaissais sa voix !

Ce n'était pas cela qui me perturbait.

J'avais déjà entendu ce nom.

En ouvrant un magnifique album laqué noir avec des incrustations en nacre, le jeune homme, que je trouvais toujours beau avec ses yeux bleus, me montra la photo d'un tableau :

— Regarde ce beau portrait fait par Johann Georg Ziesenis, LE portraitiste de l'époque. Mon ancêtre est dans sa robe de l'ordre de la Jarretière avec le ruban bleu accroché à la jambe sur lequel est écrit « Honni soit mal qui y pense ».

J'étais comme hypnotisée. J'étais censée ne pas connaître ce peintre évidemment. Je lui demandai :

— As-tu déjà vu ce tableau ?

— Oui, à Minden, au Musée de Prusse, dans une des nombreuses villes où mon ancêtre a combattu.

» La Maison de Brunswick avait la même importance que

La Maison de France au II$^{e}$ siècle, possédant entre autres l'Autriche, Parme, Florence, Bologne, la Sardaigne, la Corse. Impossible de lister tous les territoires dont le statut a changé tant de fois depuis.

» Si on résumait l'existence de Karl-Wilhelm Ferdinand en une phrase, on dirait : « Né en 1735, il devient Général prussien et souverain à 45 ans. » Sa vie ne s'arrêtait pas là. À son époque, c'est un homme lettré, voyageant surtout en Europe. Il connaît bien la France, l'Angleterre, les Pays-Bas, la Suisse et l'Italie.

Me montrant des copies de courriers échangés avec d'illustres personnages, il rajoutait :

— Faisant partie de ces despotes éclairés, il fréquente Voltaire et Jean-François Marmontel. Les intellectuels de l'époque comme Racine, La Fontaine, Pascal ont fait partie des connaissances de la famille.

» À 22 ans, – oui, si jeune ! – il est déjà à la tête d'une unité militaire à la bataille de Hastenbeck pendant la guerre de Sept Ans. On nommait les guerres par leur durée, précisait Ferdinand de son ton professoral.

» Il est commandant aux batailles de Minden avec 8 000 fantassins, 2 000 cavaliers et 32 canons, devient Maréchal et Général en chef.

Il ne pouvait s'empêcher d'exprimer ses pensées :

— La vie est courte avec toutes ces guerres. Chacun se presse pour vivre le plus intensément possible. Les héros sont jeunes, courageux et inconscients. On se bat pour gagner des territoires. Les vies importent peu. Il faut bien mourir de quelque chose. Autant que ce soit pour un principe et l'honneur.

Ferdinand déroulait l'histoire comme un exposé qu'il maîtrisait parfaitement avec les textes et les images illustrant ce qu'il racontait. C'était si vivant !

— Ambitieux, sûrement arrogant, il veut écraser la Révolution française. C'est lui le signataire du célèbre Manifeste de Brunswick menaçant les Parisiens d'envahissement. On dit que c'est ce qui provoque l'assaut des Tuileries, où siège l'Assemblée. Ce n'est pas lui, mais le marquis de Limon, « homme d'esprit et de talent, grand financier et maître fripon », installé à l'étranger, qui rédige ce Manifeste.

» Tiens, je te lis le début de cette déclaration du 25 juillet 1792 : *« Déclaration que S.A.S. le Duc régnat de Brunswick-Lunebourg, commandant les armées de LL. MM. L'Empereur et le Roi de Prusse, adresse aux Habitans de la France. »*

Il passa quelques lignes, connaissant manifestement bien ce texte avant de lire la suite :

— *« Sa Majesté l'Empereur et Sa Majesté le roi de Prusse appellent et invitent à retourner sans délai aux voix de la raison et de la justice, de l'ordre et de la paix... ».* La menace à l'encontre des Parisiens ferait rire aujourd'hui.

» Les Français n'aiment recevoir d'ordre des autres, non pas qu'ils soient arrogants, mais ils préfèrent ordonner eux-mêmes. Cela fait partie de l'histoire. Lorsque la nouvelle de ce Manifeste arrive à Paris, ce n'est pas une incitation au calme, mais un échauffement des esprits. Certains historiens estiment que cela provoque la chute de la Royauté le 10 août 1792. Après le 14 juillet 1789, c'est la date la plus importante liée à la Révolution française.

Ferdinand souriait en disant :

— Mon ancêtre a donc participé à la fin de la Royauté en France. J'en suis fier.

Je suivais facilement ce récit. J'étais confortablement installée, ainsi assise dans une bergère sûrement ancienne, ayant bien ou beaucoup vécu. Je sentais de la sincérité dans sa voix. Il s'était levé, me proposant une tisane. J'entendais le bruit des tasses, des cuillères. J'en profitais pour regarder, relire et toucher ces documents antiques sans me montrer trop indiscrète.

Portant un plateau laqué avec des tasses en porcelaine chinoise, il me demanda :

— Que veux-tu ? De la sauge, de la verveine citronnée, du tilleul ? Je n'ai que des tisanes et pas de thé non cultivé ici.

Il connaissait mes goûts et j'en fus touchée. J'adorais l'odeur et le goût de la verveine dont j'avais moi aussi un plant dans mon espace aromatique. En posant le plateau, j'aperçus un petit pot de miel.

— Je sais que tu as un régime strict, mais peut-être auras-tu envie de goûter le miel de notre production.

— Ce sera avec plaisir.

Comme j'appréciais déjà de consommer mes propres produits cultivés, je pensais déjà à tout ce que nous aurions pu mutualiser. Avec mes deux ruches, je retirais juste quelques pots de miel pour moi, de manière artisanale. Je n'avais ni les connaissances, ni l'expérience de Ferdinand. Je voulais laisser le miel à mes abeilles et ne pas les en priver. Elles aidaient à la pollinisation, avaient le droit de vivre et de profiter de leur travail.

Son miel était parfumé de panachages que je n'avais jamais goûtés. Il attendait ma réaction avec attention lorsque je manifestais mon plaisir. Ce que je pensais et ressentais lui importait, avec cette envie de me contenter. C'est donc que je comptais pour lui.

Je n'aimais pas ce qui était trop chaud. Bien assis, j'étais prête à écouter la suite de son histoire.

En me montrant la photo du personnage, il reprit sans avoir perdu le fil, avec le fils de Karl-Wilhelm, son héritier et successeur.

— Le duc Charles-Guillaume-Ferdinand était moins célèbre, alors, on le nommait en français.

» Ramené à Brunswick, le siège historique de la famille, de brancard en civière, de village en village, fuyant avec effarement un pays envahi, il finit sa vie, le 10 novembre 1806, les deux yeux labourés par une balle à la journée d'Auerstadt-Iéna[20], dans d'atroces douleurs.

» À 70 ans, avec Augusta de Hanovre, il laisse une descendance de sept enfants, trois filles et quatre garçons. Seul Frédéric-Guillaume, le plus jeune des fils, aura une belle destinée. Les autres garçons sont retardés mentaux ou débiles légers, enfin, déments. Aucune ligne ni information à leur sujet ne figure dans les écrits. On dit qu'ils tiennent de Georges, le roi un peu fêlé.

» Frédéric-Guillaume, le seul apte à la succession, est né un 9 octobre, le même jour que son père.

» Regarde ses beaux yeux bleus, son regard en coin qui en dit long sur sa malignité et sa malice, rajouta-t-il en désignant sa photo.

— Oui, en effet. On imagine un homme charmant et charmeur, sûrement un esprit taquin qu'on aurait bien aimé connaître, répondis-je en reconnaissant ce visage familier.

— Frédéric-Guillaume se marie avec la magnifique Marie-Elisabeth-Wilhelmine de Bade. Elle est belle comme rarement dans ces périodes où les unions consanguines sont la règle. Le mariage est célébré avec faste. Deux fils naissent de cette union : l'aîné, Charles-Frédéric-Guillaume-Auguste et Guillaume.

[20] Le 14 octobre 1806, la bataille d'Auerstaedt oppose l'armée prussienne du roi Frédéric-Guillaume III au 3e corps d'armée français commandé par le maréchal Louis Nicolas Davout, parallèlement à la bataille d'Iéna.

Marie de Bade, l'épouse et la mère, meurt à 26 ans des suites de l'accouchement d'une petite fille mort-née, laissant ses deux garçons. L'un a quatre ans et l'autre, guère plus.

» C'est à ce moment-là que Napoléon crée la Confédération du Rhin, qui intègre l'ancien royaume de Brunswick.

» Tous les pays en Europe sont impliqués dans un conflit, une guerre, une bataille. C'est une époque de luttes où l'on défend ses frontières, sa religion pour conquérir d'autres terres.

» Voilà les deux garçons bien perturbés par le contexte politique et familial.

Pendant qu'il racontait son histoire, Ferdinand se montrait très attentif, me regardant souvent, me proposant de me resservir. Je me sentais princesse, n'ayant pas l'habitude de tant de sollicitude. Au-delà de l'intérêt de cette histoire qui était la sienne, il prenait un ton qui retenait toute mon attention.

— Celui qui nous intéresse le plus est le spécial Charles II, Duc de Brunswick, le dernier qu'on voit sur cet arbre, tout à gauche.

# Charles II

— On l'appelait le prince orphelin. Ce personnage ne marque pas l'Histoire par des faits d'armes autant que ses ancêtres. Sa personnalité, sa personne vont faire de lui un original.

Dans le catalogue des manuscrits de la bibliothèque publique et universitaire de la ville de Genève[21], il est présenté ainsi, disait Ferdinand en lisant le texte :

— *« Charles-Frédéric-Auguste-Guillaume de Brunswick-Lüneburg, prince et duc souverain de Brunswick, prince d'Angleterre, monta sur le trône du duché de Brunswick en 1815 à la mort de son père, mais ne régna qu'à partir d'octobre 1823. »*

Il ajouta en me regardant :

— Il avait 19 ans.

*« La révolution du 7 septembre 1830 le chassa de Brunswick. Après une vaine tentative de récupérer son trône, à la fin de la même année, il fut déposé en 1831 par le conseil de*

[21] Papiers personnels, correspondances, journaux, comptes, documents politiques, documents relatifs à sa succession (affaire Civry) et au monument Brunswick.

*famille des agnats, pour incapacité à gouverner. Son frère puîné, le prince Guillaume, lui succéda. Rentré dans la vie privée, le duc Charles de Brunswick acquiert une grande réputation comme cavalier et connaisseur de chevaux, comme collectionneur de diamants et joueur d'échecs, et comme chicanier et procédurier. Après avoir vécu quelques années à Londres, il s'installa à Paris, dans un hôtel des Champs-Élysées, où il mena grand train. Lors de la guerre franco-prussienne, il se retira à Genève ; il y mourut le 18 août 1873, léguant tous ses biens à la Ville de Genève. »*

» Je me dis que quelques lignes peuvent résumer la vie d'un homme illustre. Mais on ne peut oublier les événements plus importants qui ont marqué son existence.

» C'est le 30 octobre 1804 que les canons joyeux des fêtes annoncent la naissance de Charles, celui de l'héritier du trône. Le premier coup tue un artilleur qui perd sa tête. Inutile de préciser que les plus superstitieux s'en étaient émus. Annoncer une naissance et voir quelqu'un mourir, ce n'était pas de bon augure.

» Seize parrains et marraines représentant les dynasties européennes non catholiques le protègent. Les rois de Suède, d'Angleterre, de Bavière sont les plus illustres.

» Lorsque sa mère disparaît, il est transbahuté avec son frère tel un paquet précieux qu'on protège, des Cours de Suède à celles de Bade et d'Angleterre. Comment grandir normalement quand enfant, on est déjà pourchassé par des soldats, qu'on reconnaît le sifflement des balles tout en fuyant les corsaires en pleine mer, au milieu des tempêtes ?

» Ils passent quelque temps à l'abri dans un palais surplombant la Tamise à Wauxhall, ils rendaient visite à la famille royale. Charles s'était lié à la Princesse Charlotte

Augusta de Galles, sa cousine, fille du roi Georges IV et de Caroline de Brunswick.

Il me montre une photographie de Charlotte. La femme a l'air fier et je la trouve belle.

— As-tu vu le port de tête de Charlotte ? Elle a un cou très long. De nombreux livres ont été écrits sur sa vie.

» Je te passe les détails des batailles et les luttes de pouvoir. C'est Georges IV qui envoya les neveux en Suisse avec le Baron de Linsingen, nommé gouverneur des jeunes princes.

» Lorsque Charles s'installe à Paris, bien plus tard, lors de ses sorties, il porte des costumes bigarrés, comme décorés. Il peint en rose son palais parisien de Beaujon. On ne pouvait certainement qu'imaginer un extravagant y habiter.

» Si on ne le voyait pas avec son air fier et princier, il n'était pas possible d'ignorer le grand Abyssinien qui ne le quittait pas, avec son costume de Janissaire paré d'une aigrette de diamants et d'un sabre de Damas.

» Il aime se montrer au théâtre ou dans les salons des Tuileries, le soir, des lieux d'où ses contemporains le voient. Certains l'appellent le Fou ou l'Original, d'autres lui vouent une admiration sans bornes. Il aime briller en société comme pour se faire remarquer, connaît parfaitement les pierres précieuses qu'il porte de manière bien visible et qu'il collectionne. C'est « le Duc aux diamants ».

» Ses extravagances sont souvent racontées dans les colonnes des journaux de l'époque, rajoute-t-il en montrant de nombreuses coupures à peine poussiéreuses.

» Passant pour un fou, il l'était sans doute. Les gènes de la famille royale…

» Regarde, dit-il en me montrant un tout petit tableau entouré de dorures, accroché dans l'entrée de cette maison bretonne, dans la ZSO. L'encadrement mettait en valeur un magnifique visage féminin.

» C'est un portrait réalisé par Eugène Isabey de mon ancêtre, Lady Charlotte Colville. Un soir où Charles voit la jeune femme, il la suit, s'agrippe à la voiture pour ne pas la perdre, repère son adresse. Il apprend, grâce à ses espions privés, qu'orpheline de 17 ans, elle est petite-fille d'un amiral, vit avec sa sœur chez la Comtesse Piper, sa tante, veuve d'un colonel de la grande famille suédoise amie de Charles.

» Il est apparenté à la reine Victoria. De Paris à Londres, il voyageait sans complexe. Il rencontra la charmante Charlotte Colville qu'il enleva en chaise de poste, l'emmena en Allemagne. On dit même qu'ils se sont mariés morganatiquement[22]. Cette union donna naissance à la Comtesse de Colmar, Elizabeth. Malgré le berceau aux armes princières du père, il ne l'a pas reconnue officiellement.

» En 1830, détrôné, il revint à Paris, chassant Lady Colville. La jeune Elizabeth Wilhelmine se maria avec le Comte de Civry, Jean Pierre Antoine Eugène Collin de Bar, issu d'une famille noble et lettrée. On l'appela la Comtesse de Colmar. Puis, le mariage la nomma Comtesse de Civry.

» C'est à l'Hôtel Beau-Rivage de Genève qu'il est mort subitement, d'apoplexie, dit-on. Comme il était paranoïaque, ses instructions posthumes obligeaient à rechercher des causes mystérieuses de sa mort. On n'a rien trouvé.

Les documents et photos étaient précautionneusement rangés, pliés avec une légende. Cela me paraissait contradictoire avec le mode de vie de Ferdinand, dans sa zone un peu rétrograde. Puis, en y songeant, je me disais que lui aussi avait

[22] Lorsqu'un prince se marie avec une femme de condition non princière, l'épouse et la descendance n'ont droit à aucun titre et droit nobiliaire.

envie de rester dans le passé. J'en étais juste un peu surprise sans porter de jugement. Il est certainement difficile de s'abstraire de son histoire.

Il venait de déplier une copie de document et expliquait en lisant :

— La Ville de Genève avait hérité de tous les biens du Duc.

*« Toutes les valeurs actives et passives de la succession du Duc Charles sont transmises exclusivement à la ville de Genève. La Ville de Genève aura à supporter, à ses risques et périls, toutes les réclamations quelconques que pourraient élever tous créanciers de l'hoirie et tous prétendants à la succession, et à représenter le Duc Guillaume, tant en justice qu'au-dehors, dans le cas où quelques réclamations seraient élevées contre lui. » (Extrait de la convention passée entre S.A.S. le Duc Guillaume et la Ville de Genève, légataire universelle de son frère.)*

» Sans le sou, elle réclama son dû à son père. De son dossier, il me fait lire un courrier de Madame la Comtesse de Civry, fille du Duc Charles II à Monsieur Le Royer, Président du Conseil d'Administratif de la Ville de Genève.

*« Paris, le 18 août 1874*
*3, rue de Monceau*

*Monsieur le Président,*

*Il y a aujourd'hui un an que le duc de Brunswick, mon père, est mort après avoir, par testament du 5 mars 1871, légué sa fortune à votre Ville.*

*Par respect pour sa mémoire, je me suis abstenue de toute protestation immédiate contre cette étrange manifestation de sa volonté, si dure qu'elle fût pour toute sa famille et pour moi. Je me suis contentée d'envoyer mon fils aîné me représenter à ses funérailles, voulant, avant tout, remplir envers lui mes derniers devoirs et remettant à plus tard le soin de faire valoir mes droits.*

*J'ai laissé s'écouler une année entière, portant mon deuil et courbée sous les sévérités de son abandon.*

*Aujourd'hui, pensant avoir pieusement payé ma dette filiale, je dois accomplir mes devoirs de mère.*

*Vous n'ignorez pas, Monsieur le Président, que, aux termes du Code Napoléon, qui régit les successions ouvertes en France, un père n'a pas le droit de déshériter ses enfants.*

*Or, je suis la fille unique de celui dont vous recueillîtes toute la fortune et je suis mère de famille. Je crois donc devoir vous informer, dès maintenant, que j'ai l'intention de réclamer, suivant les réserves qui vous furent signifiées, par acte du 27 septembre 1873, la part que la loi m'attribue.*

*J'aime à espérer que l'antique loyauté de la Nation helvétique et les sentiments d'équité du Conseil Administratif de la Ville de Genève suffiront pour réparer ce qu'un écrit tracé dans une heure de colère peut avoir d'illégal et d'injuste.*

*Quant à moi, je serais disposée à accepter toutes les propositions équitables pour arriver à une solution pacifique, et mes conseils ont les instructions les plus larges et les plus conciliantes à cet égard.*

*Ce n'est qu'avec une douleur profonde que je me verrais forcée d'en appeler à la justice contre le testament de mon père.*

*Mais, si mon appel à la conciliation restait stérile, si j'étais réduite à user de mon droit rigoureux, vous comprenez que je ne pourrais pas hésiter à remplir mon devoir.*

*De plus, mon respect de la justice me fait croire que vous ne pourriez pas trouver au monde un Tribunal qui voudrait autoriser une spoliation telle que celle dont je suis victime.*

*Avant d'entendre la voix de la loi, écoutez celle de votre conscience et répondez-moi.*

*Veuillez agréer, Monsieur le Président, les assurances de mes sentiments de haute considération.*

*Signé : Comtesse de Civry ».*

— Le ton de La Comtesse laisse bien comprendre sa détermination. Je te laisse lire le court courrier responsif, bref, presque discourtois qui ne lui laisse aucun espoir, rajouta-t-il.

*« Madame La Comtesse,*

*J'ai l'honneur de vous annoncer, en réponse à votre lettre du 18 août dernier que le Conseil Administratif a décidé de ne donner aucune suite à votre demande.*

*Veuillez recevoir, Madame la Comtesse, l'expression de mes sentiments très distingués.*

*Au nom du Conseil Administratif, Le Président.*

*Signé : Le Royer ».*

— Commence ensuite une série de procès menés par les plus grands avocats : en 1863, Maître Marie, puis Maître Waldeck-Rousseau, en 1891. Après la mort de cet illustre défenseur, Maître Viviani avait repris l'affaire et fut remplacé par Maître Paul-Boncour, en 1927.

Je n'avais pas l'habitude de voir et toucher tant de papier. Tout est sauvegardé numériquement pour moi. Je n'osais demander à Ferdinand si tous ces éléments précieux étaient enregistrés quelque part. Car qu'adviendrait-il s'ils s'abîmaient ou disparaissaient. C'était déjà presque un miracle de voir autant de documents et de photographies.

J'attendais depuis le début de l'histoire ce que j'avais cru déceler. Ma Camille descendait aussi de Lady Charlotte Colville. Je l'avais vite compris. Ferdinand et Camille étaient issus de la même famille, avec la même histoire, les mêmes blessures qu'ils avaient traînées et qui les avaient conduits à mener leur vie ainsi.

Cela voulait-il dire que nous avions une parenté ?

Ferdinand ne s'était pas attardé comme Camille sur les funérailles les plus somptueuses de toute l'histoire de la ville de Genève.

Lorsqu'elle racontait cet événement, car c'en était un, c'était l'événement historique par excellence.

# L'enterrement

Je me souviens du ton employé par Camille pour raconter les funérailles de Charles II, Duc de Brunswick. Elle avait lu tout ce qui s'y rapportait et le contait comme si elle avait assisté à ces instants mémorables. C'était comme une pièce de théâtre, passant du rôle de narratrice à ceux des Genevois.

— Ce 28 août 1873, des bruits assourdissants inondent le ciel de la capitale suisse. Les cloches de Genève, toutes ensemble, sont mises en volée pour annoncer non le décès, mais les funérailles de Sa Majesté, le Duc Charles II. Les salves, comme leur nom l'indique, saluent avec éclat l'enterrement. Les soldats helvètes tirent ensemble à espaces réguliers. L'écho renvoie la clameur des hauteurs jusqu'au lac de Genève. Même si Charles avait vécu quelque temps enfant en Suisse, il n'y avait rien d'helvète dans son histoire. Les commentaires allaient bon train parmi les Genevois, habitants ou passants.

— Mais qui est-ce ? demandait-on. Nous n'avons pas de roi ici. Un vacarme pareil dans cette ville si calme.

— Avec un tel équipement.

— C'est l'attelage qui amena le roi français à sa dernière demeure.

— Le même ?

— Oui, il faut tous les honneurs pour celui qui a été si généreux pour notre ville. Nous devons les hommages d'un roi au plus grand des bienfaiteurs.

» Pour les êtres « bien nés », la cérémonie doit être à la hauteur de leur fortune. Les honneurs sont réservés aux plus illustres.

» C'est la Compagnie des Pompes Funèbres de Paris qui eut le soin de s'occuper de l'affaire. Cette riche ville de Genève n'avait pas le matériel comme il se devait pour leur plus nanti et célèbre donateur.

— Il faut respecter les vœux des morts. Aucune église n'était assez grande pour recevoir le cercueil. Heureusement la Salle de Réformation, ce moderne bâtiment de l'époque a pu accueillir, comme il se doit, un noble, dusse-t-il avoir été déchu et interdit.

— Dix jours après la mort, la cérémonie fut célébrée. Une fois mort, on peut attendre. De cela au moins, on en est sûr. Le cercueil argentin et satiné, enveloppé dans un second cercueil en acajou, était dans un coffre en palissandre et ébène, ces bois exotiques, d'un bel effet.

» Les poignées en or ciselées finissaient cet ensemble d'un goût outrageusement clinquant sur un catafalque, qui évoque davantage un échafaudage qu'une scène avec ses tentures de velours presque vulgaires tellement elles sont voyantes. L'ensemble ne manquait pas de décorations en tous genres, crépines, statues de métal, le tout dans un halo de lumière étincelant. Le métal se voit de loin. Incroyable qu'on veuille mettre autant d'éclairage sur ce qui est éteint.

» Il n'y avait pas de sceptre, d'épée et de manteau de pourpre pour celui qui fut un Souverain. Des décorations, il en avait hérité et reçu. Celles des ancêtres ne manquaient pas : Le collier de la Toison d'Or, les croix des Guelfes, de Henri-le-Lion, du Cheval-Blanc de Brunswick, de Saint-Étienne d'Autriche, de Saint-Hubert de Bavière, du Lion et du Soleil de Perse, du Christ de Portugal, du Lion de Zoeringhen, de la Fidélité de Bade, etc. La couronne royale dotée de la croix est représentée.

» Toute la journée du 27 août, le cercueil reste exposé avec un gendarme élancé qui fait le pied de grue à chaque coin du cercueil, ne sachant pas lui-même quoi surveiller.

» La foule est nombreuse à venir défiler pour voir la grandeur du tombeau de celui qui avait tant donné sans raison à Genève.

» On essaie toujours d'éclairer les morts avec de l'artificiel ou superficiel. Briller une dernière fois pour s'éteindre à jamais ? Les drapeaux brunswickois volent au vent. Les habitants échangent entre eux :

— Seul le petit-fils, mandaté par sa mère, la fille de ce Duc Charles, est présent, en tant que grande personnalité. La mère s'est fait porter pâle. Les frères de sang Brunwickois, eux, ne sont pas là.

Camille aimait à lire le contenu du Testament, sûrement mûrement réfléchi par Charles II :

*« Nous voulons qu'après Notre mort bien constatée, nos exécuteurs fassent examiner Notre corps par cinq médecins et chirurgiens les plus renommés pour s'assurer si Nous n'avons pas été empoisonnés, et qui feront un rapport exact, par écrit et signé par eux, de la cause de Notre mort ;*

*Nous voulons que Notre corps soit déposé dans un mausolée au-dessus de la terre qui sera exigé par Nos exécuteurs à Genève dans une position proéminente et digne.*

*Le monument sera surmonté de Notre statue équestre [...] en imitation de celui des Scaglieri à Vérone ; Nos exécuteurs feront construire ledit monument ad libitum*[23] *des millions de Notre succession, en bronze et marbre, par les artistes les plus renommés ;*

*Nous déclarons laisser et léguer Notre fortune, c'est-à-dire Nos châteaux, Nos domaines, Nos forêts, Nos terres, Nos mines, Nos salines, hôtels, maisons, Nos parcs, Nos bibliothèques, jardins, carrières, diamants, joyaux, argenterie, tableaux, chevaux, voitures, porcelaines, meubles, argent comptant, obligations, fonds publics, billets de banque, et particulièrement cette partie importante de Notre fortune qui Nous a été prise de vive force et retenue depuis 1830, avec tous les intérêts, dans Notre Duché de Brunswick, à la ville de Genève. »*

Contrairement à Ferdinand qui semblait, de manière détachée, conter l'histoire familiale, Camille ne manquait jamais de lister avec détail les biens qui avaient échappé à son héritage.

— La liste est longue. Des palais, il y en avait, dans le Duché de Brunswick, Blankenbourg, Richemont, Bévern, à Dankwarderode. Le petit château de Wolfenbütel figure parmi eux avec le jardin ducal et celui de Blankenbourg, pleins de charme.

» Vingt voitures et trois cents chevaux avec leurs harnais et selle apparaissaient en fin d'inventaire des propriétés mobilières.

» À Paris, le bel hôtel Beaujon, au 3, Rue Beaujon et 18, Avenue Friedland son jardin, ses écuries et remises, valaient bien 1 500 000 francs.

» C'est à Boulogne-sur-Mer que sont gardés 12 000 uniformes, réalisés en 1831 avec 2 000 mousquetons de

[23]Locution latine qui signifie « jusqu'à ce que je sois pleinement satisfait ».

cavalerie et pistolets d'arçon ainsi que 1 000 carabines Buchsen. Cela pouvait servir en cas de guerre. La période était beaucoup moins sûre qu'aujourd'hui, chaque pays lorgnant sur les terres de l'autre.

» Le Duc possédait des tableaux des plus illustres grands maîtres : Corrège, Goya, Gueuze, Isabey, Rembrandt, Ruysdaël, Salvator-Rosa, Scheffer, Tintoret, Van Dyck. On sait qu'il y en avait une quinzaine. Nul ne sait ce qu'ils sont devenus. Ils ont disparu à l'abri des regards.

» Charles avait tout inscrit de sa belle écriture dans son livre noir et marron aux lisérés d'or qu'on appelait le Livre gris. De nombreuses lignes ne figuraient pourtant pas dans le catalogue de Genève.

» Le Duc n'a pas laissé un centime à sa famille, à son sang. La seule condition à respecter pour la ville de Genève était de n'entrer en aucune espèce d'arrangement avec aucun des membres de sa famille.

— Pourquoi Genève ? demandait-on à Camille.

— C'est la ville où il avait fini sa vie avant d'avoir une apoplexie. Ç'aurait pu être Londres ou Hambourg. Son objectif était de dépouiller sa famille. Il était sous curatelle, considéré comme dément comme le fut son grand-oncle Georges III du Royaume-Uni. Trois des oncles étaient jugés incapables de régner. Tous des hommes.

» Je ne sais si c'est pour cette raison que je me méfie de la gent masculine et que, pour rien au monde, je ne leur confierais mon intimité. Mes parents m'ont tant soûlée avec cette histoire du passé qui a fait souffrir les ancêtres pendant des générations.

# La famille de Camille

Son nom, ses origines, l'ont forgée dès sa naissance. Cette famille dépouillée et frustrée, elle l'a traînée longtemps. Lorsqu'elle en parlait, elle semblait retrouver le langage d'antan.

— Cela aurait pu être une belle histoire si elle n'avait été gâchée par ces représentants de Genève, répétait-elle.

Les histoires familiales, ancestrales, on les lui a racontées. Elle en est imprégnée. La devise séculaire est claire : « NUNQUAM RETORSUM ! Jamais en arrière ! » Ce n'est peut-être pas un hasard si c'est devenu une maxime familiale plus qu'un adage transgénérationnel. Il n'y a rien de plus difficile à appliquer que ses propres règles.

Sous ses airs de dure à cuire, elle est d'une grande sensibilité, s'intéressant aux douleurs des autres, surtout à celles de l'âme. Le traumatisme transmis de génération en génération ne l'affligeait pas vraiment. Elle a vécu dans cet univers intertemporel sans être affectée. Immergée par ces histoires d'un autre temps diluées au fil des ans, cela fait partie de son héritage familial.

Née bien après tout cela, les grands-parents et parents avaient laissé à chacun des cousins un paquet de traces écrites, des livrets des différents procès, des articles de journaux, des portraits, des histoires entendues cent fois, avec l'indicible espoir qu'un jour, justice soit rendue à tous ces descendants d'un prince richissime. Mais qui, qui oserait relancer cette affaire depuis longtemps prescrite ?

Tant de discussions ont rythmé les déjeuners et les rencontres familiales tout au long du siècle. Les sujets de conversation devaient tourner autour de cette affaire, avec, à chaque étape, l'espoir d'être entendus et d'avoir enfin la fortune tant espérée.

Qui choisit d'où il vient ? Cette question taraudait Camille. Elle était riche de cet héritage historique, mais pas du tout intéressée par cette fortune passée en Suisse dont elle ne recevrait jamais un sou. Elle avait vécu dans une famille ruinée, dont l'orgueil se voulait de garder sa prestance avec un titre aristocratique, une histoire, une particule et un nom célèbre. Qui aujourd'hui s'en émouvrait ? Nous ne vivons pas dans le passé. Car ce qui fut n'existe plus. En 2040, cela semble incongru même d'être fier de l'histoire ancienne de ses ancêtres.

Pour Camille, c'était une autre époque, des siècles auparavant. Elle vivait dans son temps maintenant, à l'encontre de l'apprentissage, presque du dressage familial. Le destin réserve souvent des surprises. Elle s'occupait des plus démunis. Non, pensait-elle, nous ne sommes pas égaux à la naissance, selon sa famille, son pays, son environnement. L'injustice la mettait en colère. Elle ne pouvait comprendre que les dirigeants pussent laisser des gens dans le besoin, la faim, le dénuement complet.

Intransigeante quant à l'indifférence souvent générale face aux malheurs des peuples quittant avec espoir leur pays, elle pensait que nul ne choisissait d'où il venait. Qui serait heureux de traverser les terres et les mers rencontrant tous les dangers naturels et humains pour aller galérer on ne sait où ni comment dans des pays souvent hostiles ? On ne serait pas capable de les tuer, mais de les ignorer, certes, oui.

Elle se demande souvent ce qu'elle serait devenue avec une fortune qui ne l'aurait pas ramenée à l'essentiel. C'était une chance, pensait-elle. Avec le besoin de se battre et de résister, on apprend à ne pas se résigner.

La solide carapace de Camille donne une impression de force ancrée dans la terre. Aussi, on lui envoie les « cas » difficiles, les plus violents et les agressifs. La tension tombe aussitôt face à ce mur de muscles et ce regard sans peur. Parfois, elle voit des enfants déjà blessés et ne peut penser à ce qu'ils deviendront. Comment des personnes issues des mêmes familles peuvent vivre de façon différente leurs malheurs ? Les uns se reconstruisent, certainement en oubliant tous les mauvais coups reçus, les autres ne se relèveront jamais.

Elle aime ne se soucier de rien, vivant au jour le jour. Dans notre époque, ce n'est pas facile de se projeter. Tout évolue, change avec une vitesse incroyable. Et, surtout, ce ne sont pas les inventions qu'on imagine qui arrivent. Quelle est notre priorité ? Bien souvent, c'est davantage le profit que l'éthique sauf quand la population prend en charge la question.

Camille me parlait de ces enfants, femmes, hommes et de leur histoire. Elle n'utilisait jamais ces mots stigmatisants qui regroupaient des individus sans les distinguer individuellement. C'étaient des fictions que nous ne pouvions imaginer tant elles étaient terribles et inénarrables.

Que penserait-elle de ce jeune homme qui s'adressait ainsi à moi ? C'est à ce moment précis que j'aurais aimé en parler à quelqu'un de vive voix, sans passer par des ondes, avec une distance déformant les effets sur mon être. Là, j'étais seule à essayer d'interpréter, à ne savoir quoi penser, que faire en attendant. Même avec l'habitude, je déteste communiquer par ondes. C'est souvent, hélas, la seule option que j'ai.

Je sentais mon inexpérience, mes vingt années de jeunesse qui découvraient de nouveaux sentiments, comme des bouleversements.

Peut-on être préparé à cela, armé pour une aventure qui nous échappera, ce qu'on appelle l'amour ? Notre vie est tellement gérée, cadrée ne laissant pas beaucoup de place à la fantaisie et à l'aventure qui me semblent parfois manquer à mon univers.

Être surveillés par des machines nous rassure et ne laisse plus de place à la violence, aux délinquants et à l'inconnu, ni même aux rêveries.

Pourtant, parfois, je rêve de liberté et de nouveauté. Pouvoir penser à quelqu'un que je ne connais pas, imaginer qu'il pourrait être un prince charmant, savoir que je ne resterai pas seule toute ma vie durant. Vivre de manière spontanée et savoir qu'il reste une place pour l'improvisation.

La descendance de Charles II était importante. Une chose apparaissait clairement : Ferdinand et Camille étaient des cousins, je ne savais de quel degré. Il me fallait avoir des informations sur ma naissance.

De qui étais-je vraiment la fille ?

De Camille ou d'Alycia ?

Seule Grand-mère pouvait m'aider à savoir.

Elle détestait toujours parler de loin sans voir la personne.

Je devais la prévenir.

J'allais la voir.

# Grand-Père et Grand-Mère

C'était loin et proche à la fois d'aller là-bas. Tous ces kilomètres absorbés en 6 heures grâce au nouvel avion supersonique. Les déplacements sont plus faciles de nos jours. Inutile de programmer des mois ou semaines à l'avance. En fonction des demandes, il y a plus ou moins de vols prévus. Pour les plus modestes, il est possible de gérer le paiement avec l'employeur ou l'État. Tout le monde doit pouvoir voyager souvent en cas de besoin, parfois pour le plaisir.

Mes grands-parents offraient le voyage à qui le voulait quand nous pouvions. Ils organisaient des occasions, parfois courtes, toujours enjouées. Nous y allions, ensemble, Alycia et moi, ou moi toute seule. Je retrouvais quelquefois avec bonheur ma seule cousine, Anne, que j'admirais. Je ne sais pourquoi j'avais cette envie de replonger dans la nostalgie de ce temps d'antan raconté par les anciens.

J'aimais ce moment passé dans l'avion. Seule, devant mon hublot, je regardais des films, l'un après l'autre, comme une boulimique. Il faisait nuit. Il n'y avait plus de personnel à bord. Des distributeurs à notre disposition nous proposaient à boire et à manger, chaud, froid, selon notre choix. J'attendais avec impatience l'arrivée au lever du soleil sur l'Océan Indien, la vue de cette mer chaude, des lames se brisant sur les galets contemplées par la falaise.

Je sentais cette immense émotion de l'atterrissage que perçoivent les natifs. Retrouver un lieu précieux comme si c'était une personne avec une âme était poignant.

Mon bagage m'attendait déjà à l'arrivée. Le scan passé, les rares douaniers avaient analysé le contenu de chaque valise. Le soleil était tiède et accueillant, éclairant la montagne verdoyante.

Je préférais aujourd'hui la rapidité de la navette au charme du petit train qui avait aussi repris son activité de Saint-Pierre à Saint-Benoît. Nous traversions ce pont construit dans la mer, permettant le contournement de la gigantesque falaise entre le grand port maritime et Saint-Denis. La construction titanesque et coûteuse de cet ouvrage a fini par se terminer en 2025, après de nombreux épisodes.

Les Réunionnais avaient, pour une grande partie, abandonné leur voiture. Ces navettes autonomes étaient rapides, confortables et gratuites comme autrefois, les taxis collectifs.

Même si la route était belle avec cette vue toujours présente sur la mer, j'étais pressée d'arriver et de retrouver mes grands-parents.

Isabella, maman d'Alycia, s'était remariée avec Achille, avant même ma naissance. Ils habitaient depuis quelques années dans une petite case créole les pieds pas loin de l'eau, à la Réunion, pour vivre autrement. Grand-mère, née là-bas, sur cette île enchantée, disait-elle, ne s'imaginait pas vieillir sans sa mer et une végétation luxuriante. Elle avait beau aimer la belle Bretagne sauvage des Côtes-d'Armor, elle préférait s'entourer de fleurs, de chaleur et de fruits toute l'année pour son dernier périple.

Lorsqu'on naît avec quatre saisons, il est difficile de ne plus les avoir. Pour elle, la question ne se posait pas. Elle se satisfaisait de deux périodes, la chaude et la fraîche, vivant avec le souvenir des couleurs de l'automne et des fleurs du printemps. Cela lui suffisait.

Plus elle vieillissait et plus l'émotion l'envahissait en retournant chez elle. En sentant l'air la happer, elle avait envie d'embrasser la terre et de remercier le ciel. Elle luttait contre ses petites larmes, marques de son émotion impossibles à cacher. Les racines parlent.

— Je respire. Après une pause, enfin ! C'est une notion difficile à comprendre pour des personnes étant nées là, vécu ici et ailleurs, sans être attachées à une région particulière, sans comprendre qu'un lien peut nous unir à une culture. J'ai croisé le regard des gens méprisants face à des Bretons, Corses ou Réunionnais pour qui il est impossible de se déprendre de leur terre d'origine.

» Je pense à ces métropolitains installés à la Réunion, la trouvant belle, mais gênés de voir la mer partout et n'ayant besoin que de la terre.

» Cela ne sert à rien de ne pas être bien, de ne jamais être assez bien au loin. La vie prendra fin. Alors, je veux la finir agréablement.

Elle ne voulait plus avoir froid, se souvenant de ces matins glacés lorsqu'elle était jeune où les cheveux lavés gelaient sur le chemin du travail. Le froid, c'était la souffrance physique. Elle pouvait en pleurer parfois tellement elle avait mal.

— On peut lutter contre la chaleur de multiples façons, mais quand on a froid, c'est douloureux. Non, je ne veux pas vieillir grelottant, ne voulant pas aller dehors l'affronter pour profiter de mon jardin. Les pommes et les noix me manqueront, mais j'aurai les letchis et les mangues. Quoi de meilleur qu'une mangue verte délicatement découpée trempée dans du sel et du piment ?

» Je ne sais pourquoi, la nourriture de mon enfance me manque tellement en vieillissant ! Les fruits qu'on cueille chez les amis, ceux qui poussent avec tant de facilité dans les petites cours, autour des cases. Je n'ai pas d'appétit ici, dans cette région que j'adore pourtant. Les crêpes ne suffisent pas à satisfaire ma gourmandise. J'ai besoin d'ananas frais découpé en tranches le matin, de jus de goyaviers, de ces fruits aux sucs généreux. Même ceux un peu fades comme les caramboles et les jamblons me semblent bons !

» Le boudin préparé aux brèdes manioc et au piment, la viande boucanée au feu me sont indispensables. Lorsque je les vois pendillés dans la vitrine, parfumés du bois qui les a chauffés, je ne résiste pas. Manger peu, mais bien, des produits de qualité confectionnés avec les méthodes ancestrales. C'est un de mes plaisirs au quotidien. Avoir faim, des envies de ci ou ça.

Grand-père Achille ne se voyait pas vieillir sans Grand-mère. C'était un remariage tardif, de cœur et de raison. Il apprenait à apprécier cet autre univers. Le bleu du matin et les couchers du soleil rythmaient leur vie. Ses passions l'avaient suivi. Il faisait toujours des photos avec son appareil sophistiqué et pouvait passer des heures à les améliorer. Il disait pourtant :

— Une bonne photo ne se retouche pas. Elle se prend dans le bon angle, captant un instant qui semble naturel.

Le ciel de La Réunion pouvait facilement répondre à son besoin d'observer les étoiles. Il savait partager ce loisir exigeant et nécessitant lecture, compréhension et même travail. Ne s'ennuyant jamais, il est intéressé par de nombreux sujets, certains angoissants inutiles, et d'autres plus distrayants.

La maladie, celle appelée de Parkinson [24], les avait

[24] On retrouve ce sujet avec le roman *Notre vie à trois* de l'auteure.

évidemment suivis. Lui qui se voyait depuis longtemps immobile dans un fauteuil, marchait, certes difficilement, mais toujours un peu. Il ne conduisait plus depuis qu'un accident avait immobilisé le véhicule dans un fossé. L'air bag poussiéreux l'avait protégé. Il s'était endormi au volant. Il n'avait rien vu, presque rien senti. Ce fut une étape compliquée. On se croit toujours apte.

La voiture fut pour beaucoup d'hommes un symbole indispensable. Se faire conduire, c'était montrer son état de faiblesse et ne plus être indépendant. Avec du recul, c'est drôle ! Peu de gens conduisent encore, même à la Réunion. Les transports collectifs ont pris le relais.

Parfois, même au milieu d'une action, il s'endormait sans s'en rendre compte. L'énergie d'Orchidée le maintenait en activité, parfois un peu trop. Certains jours, le *freezing*[25] le mettait dans un réel état de colère et de stress. Il lui fallait mettre ses souliers laser qui projetaient un rayon rouge et l'aidaient ainsi à avancer.

Parfois, la journée s'annonçait difficile. Grâce à son tapis de course couplé avec un écran géant, il marchait des heures durant, la musique emplissant l'espace. Son amour de la musique l'a accompagné toutes ces années. Il lui suffisait de choisir des lieux qui défilaient au rythme de la marche ou de la course avec l'impression de voyager vraiment. Il entendait même le souffle du vent et les oiseaux chanter. Ces balades quotidiennes le gardaient tonique.

Son courage n'avait pas failli avec l'âge. Il ne se plaignait jamais, peinait seul. Heureusement, on avait enfin inventé un système qui aidait le malade à se coucher, se lever. Achille vivait mieux, souffrait moins et se sentait parfois plus indépendant

[25] Blocage de la marche, de la parole ou de l'écriture aux origines inconnues.

qu'avant. Il acceptait le traitement cannabinoïde le détendant et faisant disparaître la douleur.

Les médications avaient bien changé. Les vingt pilules journalières ont été remplacées par un médicament hebdomadaire. Chaque malade reçoit une seule capsule qui regroupe ses différents traitements, chacun se diffusant au bon moment, à la bonne heure. Achille n'avait jamais voulu d'opération, avec la crainte de ce qu'allait devenir son cerveau après avoir été manipulé. Il était trop tard maintenant, à quatre-vingt-sept ans.

Lorsque le matin, Achille se réveille, Orchidée ne peut s'empêcher d'être attentive aux moindres signes de faiblesse. Lui passe son temps à se battre, essayant toujours de se dépatouiller pour rester autonome.

Ce qui lui fait du bien, ce ne sont ni les progrès de la médecine, ni la recherche, ni les médicaments. Ce sont surtout cet air marin, ce climat tropical, cet environnement qui ont changé sa perception de la vie. Et bien sûr, de voir Grand-Mère au réveil le ravissait toujours. Elle, impatiente viscérale, pensait que cette maladie était son épreuve à elle aussi. Elle devait rester calme, y parvenant la plupart du temps quand il fallait se lever la nuit, aider son mari. Parfois, elle s'énervait contre la maladie, ce qui ne servait à rien.

Lui savait apprécier qu'elle soit restée avec lui, pour lui, malgré ce calvaire qu'il croyait lui faire supporter. Orchidée aimait aider, toujours tournée vers les autres. Alors, cela lui convenait.

Elle disait notamment à propos de sa famille :

— Mon amour de mère est indéfectible. Plus j'avance dans le temps, plus j'angoisse pour mes enfants. Sans doute ne le savent-elles pas. Je ne peux vivre à leurs côtés. Alors, je pense à elles et j'essaie d'anticiper leurs besoins et envies que je pourrais satisfaire.

» Je regrette tant de ne pas avoir de bonnes relations avec ma mère et je sais être passée toute ma vie à côté de moments qui me manqueront toujours.

C'était une drôle de maman, pas amusante, mais étrange. L'empathie est son langage. On dit que les personnes ayant souffert enfants développent d'autres formes de communication pour comprendre comment agir, que dire. Elle avait développé une intuition phénoménale.

Quand ses filles étaient petites, elle leur avait fait croire que les mamans savaient et voyaient tout. Elles l'avaient crue. C'est vrai qu'elle sentait plus qu'elle ne savait, avec ce sixième sens des parents aimants. Qui, plus qu'une maman, connaît ses enfants ?

Orchidée ne passe pas une journée sans sortir. Les enfants et leurs petites-filles lui manquent sûrement. Elle se sent accompagnée, ressentant la difficulté de respirer sans eux. Pourtant, elle leur avait appris à vivre sans elles.

Le couple a des amis, des visites, des échanges et des partages dans cette île où les habitants me paraissent toujours bienveillants, avec cette gentillesse qu'ils semblent avoir conservée. Je trouve leur voix douce et leur regard rieur sans être moqueur. Ils ont gardé des contacts entre eux. La cousine peut visiter la tante sans prévenir, juste parce qu'elle passait par là. Et cela avait une valeur inestimable.

Grand-mère voulait justifier sa sociabilité :

— On a besoin d'évoquer des instants d'avant quand nous étions sans souci. Avec mon amie Olga, nous aimons tellement nous rappeler nos années à l'école Saint-Charles, nos déjeuners copieux de pain gratiné bouchons sur le bord de mer, rire de nos bêtises et de nos camarades. Souvent fâchées avec nos parents que nous trouvions sévères, nous ne mesurions pas à quel point cette époque était insouciante.

» Nous avons vécu des années si faciles où nous pouvions choisir ce que nous aimions ou savions faire, changer de métier, apprendre. Comment sommes-nous passés de cette période à celle de nos enfants si compliquée et incertaine ? Nous n'avons rien vu venir et nous n'y pouvions rien. Ces temps ont duré longtemps. Nous étions dans le regret d'annoncer à notre progéniture la fin de notre monde où les chemins étaient faciles et tracés.

Sans doute vivant dans leur futur, j'avais ce besoin de m'ancrer dans leur histoire et de connaître mes ancêtres. Bercée entre les histoires de Camille et le silence permanent d'Alycia, je voulais écouter.

C'étaient toujours des temps particuliers ces moments passés avec Achille et Orchidée. Orchidée n'était pas son vrai prénom. Elle collectionne depuis des années ces fleurs, dans une petite serre à l'ombre du soleil tropical qui, sans aucun soin particulier, mènent leur vie avec bonheur.

Le prénom Isabella[26] de sa grand-mère maternelle, morte à la date anniversaire de sa naissance, l'avait suivie toute sa vie.

---

[26] Personnage de *L'adieu à Lila*, de l'auteure.

# Isabella

Elle avait le prénom d'une princesse. Ce n'en était pas une. Je la vois telle une petite dame métisse qui, avec son air calme, est capable de soulever des montagnes. Petite, elle l'a toujours été sans doute, même si parfois je me sens, moi, minuscule face à elle. Le terme « petite-fille » prend ainsi tout son sens. Elle a une grande autorité dans son regard ou sa voix. Et sa volonté semble s'imposer naturellement.

Ses cheveux nuageux qu'elle déteste adoucissent son visage. Là-bas, ils ont une jolie forme, l'humidité tropicale leur va si bien. Sa peau reste mate, plutôt flavescente, aimant tellement sentir le soleil la réchauffer. Lorsque j'étais enfant, nous nous posions au soleil si doux de Bretagne et attendions d'être traversées par la chaleur, juste pour le plaisir de se sentir absorbées par un courant tiède.

Comment pouvait-elle avoir une telle énergie et faire tant de choses ? Pourtant, tout le monde croyait à la nonchalance des îliens qui font tout lentement. Là, avec son air paisible et son regard déterminé, elle était d'une efficacité foudroyante. On se sentait immédiatement inactif face à elle.

Elle lit, écrit, fait le ménage, à manger, passe beaucoup de temps avec ses amies, ne reste pas une journée tranquille à la maison. L'action la motive. Son âge ne l'empêche pas de se mouvoir. Heureusement ! Grand-père est souvent fatigué de la voir ainsi s'agiter quand lui ne demande qu'à se reposer. Il attend tous les jours la fin de l'ouragan sans aucun espoir.

Une fois par semaine, tous les deux prennent un bain de rêves. Ces moments sont réservés aux plus anciens pour lutter contre les dépressions et la tristesse. Assis ou allongés, avec un casque occultant, ils choisissent une période de leur vie. Le système les replonge dans leurs plus beaux souvenirs. Sont-ce de vrais souvenirs ou sont-ils reconstitués ? Ils rentrent joyeux comme des pinsons, avec un sourire figé sur leurs lèvres sillonnées de rides.

Elle avait exercé de nombreux métiers, aimant découvrir des mondes différents ou plutôt se lassant vite des actes répétitifs. Une fois le sujet maîtrisé, elle passait à autre chose.

— On ne va quand même pas rester dix ans dans le même domaine ! Vous imaginez manger la même chose tous les jours ? Lire le même livre en boucle ? Non, la vie nous permet de varier. Profitons-en !

Elle vient d'une famille nombreuse réunionnaise, plutôt aisée, de ceux qu'on appelait les gros blancs. Depuis longtemps, elle ne communique plus avec les uns, ni les autres. Elle a vécu chez une nourrice ses premières années et s'est toujours sentie hors foyer.

Seule sa plus jeune sœur, Amandine, lui manquait toujours. Elle rêvait d'elle, pensait souvent à elle. Chantal s'intéressait toujours à celle qu'elle considérait comme sa petite sœur. Mais Isabella ne la sentait pas. Elle ne savait quelles étaient ses intentions et avait du mal à croire à sa sincérité. Les autres de la fratrie avaient rompu les liens.

Ses parents étaient partis, le père, le premier, la mère, robuste et presque indestructible, bien longtemps après. Elle évoquait son papa avec bienveillance et sa mère avec beaucoup de recul. Souvent, elle passait du temps au cimetière, parlant plus à son père qu'à sa mère. Isabella avait dit ses quatre vérités à sa mère, espérant pour ses deux parents la sérénité.

— Je ne suis pas sûre qu'ils m'entendent, mais je veux continuer à leur parler pour que leur souvenir reste sur cette terre. Moi aussi, j'aimerais recevoir un jour des visites pour croire avoir vécu pour quelque chose.

Les tombes étaient toujours fleuries et visitées dans ce lieu. Les familles aimaient soigner les âmes des disparus. J'adorais accompagner mon ancêtre dans ces espaces dédiés aux souvenirs enfouis.

— Tu vois, Mahavel, les cimetières sont peuplés d'esprits vagabonds. Il faut les visiter. Tu imagines la souffrance de ceux qui ont vécu seuls et malheureux de l'être toute leur vie ? Nous avons la chance d'avoir encore cette vie en nous. Il nous faut partager avec ceux qui n'en ont plus et ceux, qui, de leur vivant, en ont si peu profité. Lorsque je me promène ainsi, fleurissant les tombes, nettoyant les plaques, parfois même les lisant tout haut, j'ai l'impression de partager un peu de bonheur, si ce n'est de vie, dû à ces gens connus ou inconnus. Certains ont si peu vécu que nous pouvons leur accorder un peu d'intérêt pour leur redonner un peu de vie.

Je ne sais pourquoi c'étaient des moments de confidence que moi, enfant ou jeune, j'aimais comme si on me racontait à moi seule des secrets que nul autre ne connaissait. Ce lieu créait cette ambiance.

Elle continuait et je buvais les paroles d'une grand-mère toujours forte que je découvrais sensible et pleine d'empathie, presque fragile. Ce changement me plaisait beaucoup.

— J’ai toujours aimé les cimetières. Je m’arrête souvent en passant à Saint-Paul, au cimetière marin. Quelle belle vue les trépassés ont chaque jour sur cette plage de sable noir avec cette mer bleu céruléen et le bruit doux des vagues ! Celui de Saint-Leu et ses frangipaniers fleuris est aussi remarquable. Ils voient le coucher du soleil, toujours différent.

» Le seul qui a, dans cette île, un panorama aussi beau est celui de Petite-Île, face au calvaire. On y voit les champs de canne fleuris à la belle saison. Éloigné des habitations, on peut s’y poser seul et dominer le paysage. Et surtout, surtout, on entend les filaos et les oiseaux nichés en toute tranquillité.

» C’est ici que je veux commencer cette autre vie, dans le silence de la nature. J’ai vécu tant de belles choses, connu tant de monde, aimé sans même savoir le faire. Je voudrais me reposer un jour, dans la quiétude et la sérénité au milieu d’un paysage où la nature a gardé sa place.

» Quand on vieillit, on aime retrouver ses racines, pas uniquement les lieux de notre naissance ou de notre enfance, mais ceux de nos ancêtres, ceux qui ont fait que nous sommes là. L’histoire de notre famille est ici, de ce côté du monde, sur cette île découverte au XVIIe siècle. Les hommes ont quitté le continent pour découvrir le monde et arriver, on ne sait comment, après un voyage émaillé de péripéties, jusqu’à l’Océan Indien. Quel courage et quelle ambition !

» Petite, je pensais beaucoup à la mort. Je croyais que j’allais mourir jeune. Plus tard, j’imaginais toujours que ceux que j’aimais allaient bientôt s’en aller. J’étais triste avant la catastrophe. Lorsque cela arrivait, j’étais comme prête au chagrin. J’ai vu beaucoup de gens partir, nous quitter. Je pense souvent à eux, restant toujours triste en évoquant leur vie. Ils me manquent tous, chacun à sa façon.

» Lorsque mon père était prêt à s'en aller, je lui ai dit tout ce qu'il attendait et sûrement plus. Il savait qu'il était en train de quitter ce monde. Ce n'était pas le meilleur des hommes, mais il a toujours cru bien faire. Nous sommes prisonniers de notre milieu, de notre éducation et de nos pensées que nous croyons meilleures que les autres.

» On ne guérit pas de la perte de quelqu'un. Le chagrin est infini. J'imagine toujours qu'ils m'entendent d'en haut ou d'à côté, pensant à tout ce qu'ils n'ont pas construit avec nous.

» C'est ainsi la vie. Profite sans trop heurter les autres, Mahavel. Nous sommes tous capables d'avancer sans faire de mal. Évite les malveillants et les parasites. Prends du recul. Il y a tant de colères, de bêtises inutiles. Que d'énergie perdue toute sa vie ! J'ai été enragée pour des peccadilles tant de fois. Chacun fait comme il peut avec son conditionnement, son histoire, sa famille. Marche !

J'avais du mal à croire que cette grand-mère que je voyais gentille avait été colérique. C'étaient mes leçons d'humanité, pas de Platon ou Sénèque, mais d'une vie remplie. Peu importe ce qui nous entoure, notre esprit est libre dans notre tête.

Nous aimions admirer le ballet des baleines. À la Réunion, elles sont de plus en plus nombreuses pendant l'hiver austral à venir se reproduire dans les eaux chaudes. L'interdiction de pêche des cétacés a aidé à renouveler cette espèce longtemps menacée. Les tortues marines reviennent pondre sur les plages de Saint-Leu. On en croise régulièrement, beaucoup plus qu'il y a quelque temps.

Je rentrais toujours plus sereine de ces balades qui m'apprenaient à relativiser. Parfois, je notais pêle-mêle sur mon carnet rouge quelques pensées. Je ne les comprenais pas toutes. Peut-être qu'un jour ce serait plus clair. Je les savais importantes pour les traces qu'elle laissait de ces êtres portant nos racines en elles.

Isabella aime les gens ou les ignore. Il n'y a pas d'autre alternative. C'est l'entièreté, dit-on. Ce n'est pas une Sœur Teresa. Elle sent ou décide qui le mérite sans juger les gens braves et méconnaît ceux qu'elle méprise.

— Passe du temps avec les gens que tu aimes, Mahavel. C'est de loin le plus important dans notre existence.

Je retrouvais les propos de Camille. Isabella avait la manie de garder tous les petits cadeaux que ses enfants lui donnaient. Elle n'aimait pas posséder. Ce qu'elle achetait était pour les autres. Chaque objet conservé avait une histoire, ce chat en bois fabriqué pour elle, représentant son personnage félin fétiche qu'elle avait fait vivre avec des dizaines d'aventures dans ses livres, bien patiné avec le temps et les voyages, ces boîtes à thé qu'elle avait reçues chaque mois pendant des années, cadeau de sa fille aînée. Ils en avaient vu du pays.

Les cadeaux que les enfants lui avaient offerts, fabriqués, petits ou achetés, étaient disséminés dans les pièces. À chaque fois qu'elle les regardait, elle ressentait l'amour et le bonheur d'être mère en disant :

— Quand mes filles étaient parties, s'envolant pour leur vie, j'avais toujours sur moi un truc leur appartenant. Cela m'apaisait, comme un doudou. Je ne sais pourquoi. Les objets transportent un peu de l'esprit de ceux qu'on aime. Ceux qui n'ont pas d'histoire ne m'intéressent pas.

C'était drôle comme concept. Parfois, je voyais ma grand-mère dans un vêtement usé, sans âge, d'un autre temps. Elle suivait mon regard et me disait : « C'était à ta mère. Je l'ai gardé. Je le mets parfois. Cela m'enveloppe. »

Elle me racontait les angoisses permanentes qu'elle avait.

Souvent, encore maintenant, disait-elle, elle rêvait de ses enfants avec qui elle jouait, comme lorsqu'elles étaient petites filles.

— Je n'ai jamais cessé d'être inquiète pour mes filles. J'aurais voulu ne pas les voir grandir pour éviter les tentations, les fréquentations. Sans juger leur compagne ou compagnon, la peur qu'elles souffrent avec elle ou lui me rendait malade. Forcément, en tant que mère, on se sent responsable, on culpabilise comme si on pouvait faire quelque chose. Plus que tout, je ne voulais pas juger pour éviter des conflits.

» J'ai eu si peur de ces drogues que beaucoup de jeunes prenaient à une époque pour s'amuser. Je suis très heureuse qu'aujourd'hui, elles aient disparu de notre société. Depuis que l'on est capable de détecter sur le corps toute trace de produits stupéfiants, on a créé des produits pour aller mieux, pas dangereux pour la santé.

Elle pensait parfois à une anecdote que son amie Kamila lui avait racontée pour la tranquilliser :

— Un jour, mon père était inquiet pour moi. Je lui ai répondu : « Tu sais, tu m'as éduquée, donné ce que tu pensais bien pour moi. Maintenant, je suis la seule responsable de mes actes. »

Elle continuait avec des lumières dans les yeux :

— Rien ne remplace les moments qu'on passe avec ses enfants. C'est un flot d'amour qui me fait rayonner plus que tout.

Nous allions dans l'île, pas uniquement pour nous dépayser, mais parce que nous savions que la vie n'est pas éternelle. Ce que nous avons de plus cher, ce sont ces êtres qui ont tapissé nos pensées de souvenirs.

J'aime tant l'esprit de cette île.

Des soulèvements, il y en a eu. Régulièrement. À chaque fois, la population oubliée, sur ce petit territoire éloigné et microscopique, sans emploi, avec, pour beaucoup, les seuls revenus des aides, que certains appelaient les « assistés », se révoltait, pouvait bloquer les accès, les ports et aéroports. Leurs révoltes étaient légitimes. Après chaque agitation, il fallait tout recommencer. On reconstruisait, donnait quelques miettes aux uns.

La révolution écologique a amélioré ce climat chaotique. Grâce au solaire, à la mer, au volcan, la nature a été un formidable allié pour nourrir la vie des îliens. L'énergie houlomotrice, utilisant la force des houles, au large du viaduc le plus cher du monde, a sauvé l'île. Avant cela, du fuel arrivait pour fournir l'énergie suffisante.

Le paradis doit utiliser sans user ses richesses, le soleil, l'eau.

L'air y est pur, les couleurs éclatantes. Si la petitesse de l'île oblige chacun à optimiser l'espace au détriment parfois de l'esthétique, les plantes égayent de leur plumage le moindre coin. Le ciel est changeant tel un tableau mouvant au fil de la journée. Les parfums vous ensorcellent. La moindre feuille ou foliole laisse une odeur d'épice indescriptible, suave et persistante.

C'était le moment d'évoquer la question qui me tourmentait.

Assises, sur un muret, face à l'Océan Indien, nous avons allumé une cigarette, tranquillement, dans un silence heureux. Je fume, pas de ces horreurs nocives, mais un mélange de plantes bienfaisantes. Pendant longtemps, on connaissait la composition des cigarettes qui ont tué, abîmé tant de gens. Les industrielles avaient fait tant de dégâts.

— Mamie, j'ai besoin de savoir qui est vraiment ma mère biologique.

Elle était mieux ainsi, posée. Depuis des années, touchée par la maladie de Horton, elle ne supportait pas la moindre douleur et se soignait avec le cannabis thérapeutique. Cela la rendait plus joyeuse qu'autrefois.

— Je n'ai pas la réponse, Mahavel. Camille et Alycia sont parties six mois en Nouvelle-Zélande quand ta venue a été annoncée. Elles ne voulaient pas qu'on sache qui était vraiment la mère pour que tu aies toujours la même considération pour l'une et l'autre. L'ambiance n'était pas toujours bienveillante pour les enfants avec des parents de même sexe. On ne savait pas si le statut des deux mères allait rester.

» Les premières photos que nous avons reçues de toi les montraient, l'une et l'autre avec toi. Impossible de deviner de qui tu étais née. Elles ont juré de garder le secret pour te protéger. Tu imagines que chacun voyait des ressemblances avec l'une et l'autre. Mais ce n'est pas scientifique. On voit ce qu'on a souvent envie de voir. Pourquoi cette question ?

— J'ai rencontré un jeune homme qui descend de la même branche que Camille. Tu sais que c'est interdit et de toute façon pas souhaitable de se lier dans ces conditions. Le gouvernement contrôle et autorise ou pas les unions et surtout les descendances possibles.

— Lui ne peut pas faire de test ?

— Je ne lui en ai pas parlé. Il habite dans une ZSO et n'acceptera peut-être pas les tests ADN complets. Il suffirait de prendre un objet qu'il a touché. Je ne peux pas le faire sans son accord.

— Tu ne veux pas en parler à tes mères ?

— Non, c'est mon secret pour l'instant. Si cette histoire se confirme, je le ferai. Je préfère attendre.

— Je vais donc faire le test avec toi. Nous saurons bien si tu es ma petite-fille de sang. Sache que quels que soient les résultats, tu le resteras.

Elle était ainsi, ma mamie, avec son air sévère qui cachait une générosité incroyable. Surtout je reconnaissais sa façon d'accepter, sans jamais juger, les chemins choisis.

La procédure a été très rapide. Nous étions deux à le vouloir.

Les résultats étaient là. Mais pas question de les lire maintenant. Je voulais les découvrir là-bas et profiter de ces instants d'ignorance, toutes les deux.

Cet instant nous appartenait, à cette mamie et à moi-même.

Achille nous a retrouvées ce jour-là bien guillerettes, dans la douceur de la varangue.

— Vous fêtez quelque chose ?

— Juste des moments que nous partageons. Nous avons conscience que c'est cela le bonheur.

J'allais rentrer. Quelle que soit la réponse au test, ma vie serait changée.

Je pourrais dorénavant en parler à Ferdinand. J'étais partie en *misouk*[27] lui disant que je ne serais pas là quelques jours, gardant le secret de mon voyage.

J'aimais toujours revenir dans ma longère et me retrouver moi-même.

[27] Discrètement.

# Le retour en Bretagne

Ce matin, j'ai retrouvé mes animaux dans leur champ. Ils ont de la paille fraîche. Ils lèvent à peine la tête pour m'accueillir.

— Don du sang avant 9 heures, me rappelle mon assistante.

Mince, me dis-je. Je n'ai toujours pas modifié sa voix énervante.

En arrivant, j'avais enfin ouvert les résultats des tests. De qui étais-je la fille ? D'Alycia ou de Camille ?

Je devais expliquer à Ferdinand nos liens peut-être familiaux ou de cousinade, ou pas, selon mes origines.

Ma vie a semblé en arrêt pendant quelques semaines avec ces événements, rencontres et surprises.

Je n'ai pas beaucoup travaillé ces derniers temps. Tout mon programme est enregistré. La semaine n'est plus celle longtemps pratiquée, avec les jours ouvrés et les jours fériés. Chacun peut répartir son activité comme il le souhaite, pas forcément du lundi au vendredi. Il existe deux types de métiers : ceux qui nécessitent une présence sur le lieu de travail et ceux qui peuvent faire du télétravail. Pas de transport, pas de bureaux et de frais de fonctionnement.

Nous devons respecter quelques jours dans l'année pour que les salariés se retrouvent physiquement. La plupart du temps, les vidéoconférences nous permettent de nous parler de vive voix, comme si nous étions ensemble.

La barrière de l'écran nous autorise davantage à aller à l'essentiel. Nous nous exprimons plus librement que si nous étions côte à côte avec la politesse de la réserve. Nul besoin d'encombrer ma mémoire de ces détails et de nourrir ainsi ma charge mentale. L'assistant organise pour moi mes journées, mon travail, les contraintes, le ménage, la mise en route des aspirateurs, lave-linge et lave-vaisselle, le nettoyeur de gouttières, la tondeuse, les courses de tous les jours.

J'aime mon métier, le rôle que j'ai dans la société de 2040.

J'avais écouté longuement les informations ce matin, pour me distraire. Ce n'était pas joyeux.

Cette année est la plus chaude et la plus humide depuis la nuit des temps. Le Sud de la France n'attire plus grand monde. Cette région naguère attrayante sous un soleil lumineux est devenue tellement sèche et brûlante l'été, inondée, l'automne, que les retraités partis s'y installer pour leurs beaux jours meurent littéralement de chaleur ou sous les eaux.

Les locaux ancrés depuis des générations s'accrochaient à cette terre tantôt sèche et aride, tantôt inondée se réjouissant d'être moins nombreux. C'est leur seule consolation. Dans le Sahara et tous les déserts du monde, on s'est mis à l'hydroponie. Les OGM ont longtemps eu leurs détracteurs. Certains agronomes ont, pendant qu'on accusait les manipulations sur les maïs et autres plantes transgéniques, développé la culture de produits indispensables comme le riz dans des contextes extrêmes, contraires à la nature.

Cela se passait sans bruit et publicité dans les laboratoires feutrés du CEA[28]. Lorsque la science sert le bien-devenir de l'humanité, elle est admise.

Les transhumanistes ont réussi dans leur lutte contre la mort à prolonger la vie. Hier, une Bretonne avait dépassé les 140 ans en bonne santé. 7 fois mon âge. Elle avait eu des enfants, travaillé durant plusieurs décennies, s'était mariée deux fois. Ses enfants avaient disparu les uns après les autres. Elle avait survécu aux plus jeunes et malgré avec la tristesse répétée à chaque fois, elle a tenu bon.

Et moi, combien d'années vivrai-je ? J'angoisserais de dépasser cent ans, sans dents peut-être, les cheveux blancs et le cerveau plus lent. Notre génération sait comment préserver sa santé et prolonger la vie.

Lorsque Ferdinand est arrivé, je l'ai trouvé encore plus radieux qu'habituellement. J'ai couru vers lui, ne cachant pas ma joie. Mes bras ont entouré son cou, naturellement. Je pouvais exprimer mes sentiments. Les dire était encore plus difficile que les dévoiler.

Je me suis sentie emportée par ses bras musclés.

Nous étions tous les deux sur la terrasse ensoleillée de ma maison, heureux de nos retrouvailles.

Être là, avec lui et pleine d'une allégresse que je pouvais montrer. Je découvrais seulement maintenant à quoi cela ressemblait d'être amoureux.

Il m'a fallu des heures pour tout raconter. Nous avons cherché les liens entre Camille et lui. J'ai sorti les pochettes de la famille de Brunswick. Nous nous sommes transformés en enquêteurs pour trouver des informations qu'il n'avait pas.

Je me sens soulagée et enhardie par la nouvelle de mon appartenance à Alycia, plus qu'à Camille. En y pensant, je crois

---

[28] Commissariat à l'Énergie Atomique.

avoir toujours senti le regard maternel de l'une et l'affection davantage détachée de Camille.

Ferdinand avait partagé ma nuit.

Sur la chaise lorraine dans la chambre, mon insigne de coquelicot côtoyait son bleuet.

# Table

Vous avez aimé ce livre ?
Flashez ce code, donnez votre avis
et partagez-le sur www.babelio.com

NomBre7
éditions

contact@nombre7.fr – 04 66 05 87 18

Imprimé en France – Août 2021
Dépôt légal second semestre 2021